君臨巔下

下篇

雙木王 著

目錄

下篇

第八十一章 ❖ 真陰派

當小和尚帶領顧君一家四處遊覽並燒香拜佛時，濟生帶領顧君走向後院。在這過程中，顧君施展了「千變萬化」變成上次模樣，才走進小院子。他看到了虛竹住持和三位長老：虛生、虛嗔、虛勝都在等待著他。

眾人看到顧君進來，都趨前迎接，微微鞠躬說：「歡迎，師兄再次光臨觀音堂。」

顧君立即上前躬身回答：「千萬別這樣叫我，我是虛木的徒弟。我還要叫你們師叔和師伯呢！」

大家哈哈大笑說：「千萬別這樣！顧君施主的修為已經不輸這裡任何人了！」

眾人開始促膝詳談，旁邊的另一位小和尚奉上了簡單的茶水，使整個空間充滿茶香和燒香的氛圍。

虛竹接著說：「這次如果沒有你的幫助，我們真的無法順利拿下那些邪惡修行者，他們實在太強大了。」

顧君說：「這些都是佛的安排。」

虛勝說：「住持，您們不在現場……所以不知道顧君施主的修為有多厲害，三拳兩腳就打敗了築基五層的修行者。」

顧君馬上說：「不是的，這都是各位師兄們的幫助，還有其他同門的一起努力，特別是濟生在旁壓陣，讓我有信心打敗那些邪惡修行者。」

濟生輕輕摸了摸自己的光頭，不發一言，但是他明白顧君話中的涵意。

虛生接著說：「我跟虛勝暗中調查了這兩個人。我們發現他們是來自於一個叫『真陰派』的門派，大多是築基境界二層的弟子，由一個名叫真七長老領導。他們主要負責在眾生界進行交易，換取他們所需的修煉資源。然而，他們通常不親自行動，但近來港島政治環境混亂，他們趁機掠奪。我們已向警察局報告了這些情報，他們也轉報給修行管理局。修行管理局是各國政府共同成立的機構，在華國也有分部。他們將派遣人員進行更詳細調查，我們的工作暫時就告一段落，警察局也提到這些歹徒應受到嚴厲審判，因為他們影響眾生界。」

虛竹接著說：「我們與修行管理局聯絡時，也向他們提及了你的貢獻，他們希望能邀請你加入修行管理局，幫助他們維護港島的治安，並參與修行界的管理。」

顧君聽到後說：「那不行，我還太年輕。對修行之道瞭解太少，怎能參與政策研究呢？」

虛竹說：「我們都知道虛木是修行界德高望重的資深修行者，而你是他的弟子，憑你目前的修為，竟能打敗築基五層的修行者，顯示出你的實力相當強勁。所以我們希望你能加入，對付那些立心不良的邪惡修行者。」

顧君合掌向虛竹長老說道：「如果你們有需要，我願意伸出援手……但加入政府機構或會影響我個人的修行，所以謝謝你們的好意。請代我傳達，我暫時還沒有這個能力及時間，也沒有興趣參與那方面的事務。」

虛竹微微鞠躬道：「我也理解……哪一個修行者願意參與眾生界的事務呢？我們最重要的目的是突破涅槃，達到普渡眾生的結果。」

儘管顧君經施展「千變萬化」看起來像二十出頭的年輕人，但他對修行、法術、少林拳和其他修煉之法的領悟都達到了非凡的境地。

午間將至，濟生為顧君一家安排了齋菜，並說：「您希望我們一起用餐嗎？」

顧君思索片刻後說道：「我希望濟生和眾長老能與我的家人一起共進午餐。另外，我想邀請虛生大長老，看看我父母和小妹是否與我佛有緣？如果是的話，我希望他們能定期來貴寺聽讀佛經。」

長老們說：「以你現在的修為，你可以自己親自引導他們，不是更好嗎？」

顧君接著說：「我的家人並不知道我是一名修行者，而且我要告訴你們一件事情，你們現在看到的我並不是我……」

顧君知道隱藏身份的事情無法再瞞住眾人……

長老們問：「什麼意思？」

顧君打了個手印，啪啪兩聲，就把自己變回到原本樣子，令眾人都嚇了一跳！

顧君說：「這是我修煉的『千變萬化』，可以隨意改變及掩飾我的身份。其實，我只是十二歲的中學生。我先回去見見我的父母，之後與你們相見。」

濟生說：「是的，太師祖。」

聽到濟生如此稱呼，長老們都目瞪口呆。

第八十二章 ❈ 父母修行

顧君來到齋堂時，發現父母和小妹已經就坐等待開饌。桌上擺滿了五道齋菜、一鍋熱菜湯和幾碗白飯。雖然這些齋菜看起來很普通，但背後卻蘊含著無盡的用心。

顧君問他的父母：「你們覺得這裡怎麼樣啊？」

顧君的父母說：「這裡環境清幽、十分莊嚴。師父也詳細介紹了，讓我們對修行產生了濃厚的興趣！」

顧君說：「是啊，爸爸媽媽，如果你們覺得這裡好的話，我們可以每個星期日都來這裡修行，養成身心的良好習慣。你們也可以來聽聽佛經，怎麼樣？我們一家人可以在這裡放鬆身心，小妹，你覺得呢？」

顧君對小妹眨了眨眼，她說：「好啊，好啊！」

顧君的媽媽看著爸爸說：「你說呢？爸爸？」

爸爸說：「我沒意見，但如果有些禮拜日我需要加班，就不能來了。媽媽，你可以帶他們兩個來這裡。小妹和顧君可以在這裡讀書，這裡的環境很平靜，很適合專心讀書。你可以燒香禮佛，也可以去聽佛經。」

正當一家人歡樂地交談時，濟生和虛生一起來了，還有一位弟子陪同。

濟生對顧君的父母說：「施主，我們今日特意在此共用齋菜，藉此共同探索佛修的真諦。我想和你們討論一下對於修行的意願。」

顧君的父母馬上站了起來，說：「好！謝謝。濟生師父，這位是……這兩位是？」

濟生接著介紹說：「這位是虛生長老，是我們觀音堂的大長老。這位是李曉，是我們觀音堂的弟子。我邀請他們來是想和你們一起探討對佛修的意願。因為我們都知道顧君施主對佛法有濃厚興趣，所以我們想知道作為他的父母，你們的看法如何？」

顧君的媽媽看了看爸爸，說：「這個要聽從顧君爸爸的決定。」

顧君的爸爸低頭沉思片刻，說：「年輕時我曾經有一段奇遇，雖然沒有踏入修行，但我對佛法一直是持支持態度。我自己沒有這個福分，但我希望我的家人有這個緣分，所以我們希望以後每個星期日都來參拜觀音寺，希望你們能夠支持我們的意願。顧君和小妹可以在這裡讀書，並接受師父們的教導。媽媽則可以順道來燒香禮佛。我有空就會來，我還得去工作賺錢，家裡的生活還需要我負責啊！」

虛生馬上接著說：「顧施主，好，那就這麼決定吧。而且你們來的時候不用帶什麼，我們這裡都會準備好飯菜，我們可以一起研究佛經。」

後來，濟生和虛竹向顧君的父母及三位長老透露了顧君的真實身份，所有人都驚訝得目瞪口呆！

最後大家還是接受了顧君真實的身份，大家歡樂地享用午饌，顧君終於可以光明正大地引領父母踏入佛修的世界。顧君深知，父母的參與是佛修中非常重要的一環，同時也期待小妹日後也能夠修佛，正式踏上佛法修行之路。

第八十三章 ❖ 心裡期待

顧君一家開心地回到家，全家人還在陶醉於今天一整天的遊玩經歷中。

第二天清晨，顧君再次前往馬寶山的小寺廟，繼續修行的旅程。他越來越感覺自己靠近築基四層的巔峰，有望在盛夏來臨前達到這個境界。當然，他非常有耐心，只有腳踏實地地穩固目前的築基境界，才能更進一步。

回到學校後，他再次主動關心吳展邦父親的情況。

吳展邦告訴他：「我爸爸目前的狀態比醫生預想的要好，估計再過一兩週，爸爸就可以開始工作了。」

顧君說：「太好了。」他還關心了吳展邦在經濟上的困難。

吳展邦說：「我們暫時還好，爸爸的一些工友也有借錢給我們周轉。你的學習進展如何？」

顧君說：「那就好，我的英文也有些進步。周老師對我很好。」

當天顧君回到家後，晚餐時父親突然問他：「你有沒有想過要轉校啊？換一所更好的公立學校，你有考慮嗎？」

顧君心中一動：公立學校不用交學費，可以減輕父親的負擔！

顧君馬上說：「我有考慮過，不知道我們家附近的哪所中學會比較好呢？」

父親說：「在我們家走三四分鐘路程的炮臺山有一所知名的中學，我問了一下一些學歷不錯的客戶，他們說這所學校在港島排名很高。這家中學叫金泰中學。因為以前的港英政府在某位總督離職後，為了感謝他對港島的貢獻，以他的名字來為這所學校命名。這間中學每年都會招收三四名插班生，你想嘗試一下嗎？」

顧君馬上說：「我也聽說這所中學非常好，而且校風淳樸。」

父親說：「那好，明天我去學校拿插班生報名表。他們要求在四月之前報名並於六月展開插班試。」

顧君接著說：「好的，爸爸，辛苦你去拿吧。」

父親再三告誡道：「報名只是一個過程……不要給自己太大壓力，只要盡力就可以了。」

顧君說：「爸爸，你不用擔心，我會努力的！現在才三月底，離六月中還有三個月時間，我會更加努力，一切隨遇而安，你們也不用擔心。」

爸爸說：「最重要的是平常心，不要給自己太大壓力。」

小妹一邊吃著飯，一邊插嘴說：「哥哥，加油。等你考進去了，我將來考中學，也可以去那裡唸書，到時我們可以一起上下學。」

顧君說：「我們一起努力吧。」

顧君下定決心，一定要考進這間好中學。只要定下一個學習的目標，堅持不懈，總有一天會見到春天的曙光。

第八十四章 ※ 苦學英文

自從顧君下定決心轉校，他很清楚自己的短板是英文。他全心全意地苦練英文，每天背一百個單詞，每週寫最少六百字的作文，還把作文交給周老師檢查。

每週補習時，周老師都覺得顧君是一個懂事好學的孩子，既刻苦又努力。慢慢地，顧君的英文水準有了明顯進步，已經趕上了一般中學生，甚至超過了一些本地學生。不過他保持謙卑的態度，繼續努力學習，特別是文法及寫作。

這個週日，顧君一家來到離島的觀音堂。他和小妹在觀音堂的小房間裡做功課，父母則跟隨著長老們一起在另一個小房間裡學習佛經。觀音堂的長老親自教授顧君父母佛經，因為他們知道顧君的真實身份。

每天晚上，小和尚都會來見顧君，解說佛法的真義，並教他如何應用不同的方法修行。日復一日，顧君的修行也取得了一些進展。

經過了幾個月的努力，到了五月盛夏的一天，顧君回到學校，遇到了周老師。周老師告訴大家說：「學校已經公佈了今年期末考試的時間表，考試將在五月的最後一週舉行。大家要回去好好準備，希望你們都能取得好成績！加油！」

大家都知道這次期末考試的成績將會影響整年的學業成績排名。

顧君也深知這一點，他心裡想著自己不僅要準備期末考試，還要同時準備六月中的插班試！

當然，學校的成績對他來說也非常重要，因為新學校需要他提供現有學校的成績以供參考，作為選錄的重要指標之一。所以顧君更加集中精力，爭取取得更好的排名。

他明白考試帶來的壓力可能會影響他的表現，所以通過修行和冥想讓自己保持冷靜，並且他的領悟及記憶力也越來越好。

另一方面，過去的兩三個月裡，吳展邦的父親已經完全康復，恢復了正常的工作及生活，並且正式還清了欠款，而吳展邦和顧君的友誼更是一日千里。

顧君學習的努力態度深深感染了陳晞和吳展邦，大家經常聚在一起溫習。程曉東認為運動也很重要，所以他的成績一直保持在中等水準。

離考試只有兩週的時間了，顧君的學習準備變得越來越緊迫，同學們也因為考試的即將到來而感到極度緊張。學校裡的空氣彷彿變得凝重，球場上的活動也減少了，大部分時間顯得格外寧靜，即使在休息時間，同學們也大都留在教室裡複習。

港島的五月是雨季。

風聲、雨聲、讀書聲……

父母親知道顧君即將面臨考試，每日特地燉製了豬肉湯，怕他的營養跟不上，同時希望能提高他的士氣。

終於到了考試的日子，顧君士氣高昂，準備為自己的未來而戰！

第一天是英文科的考試，他對自己許下承諾：我一定會成功！

第八十五章 ❖ 期末考

顧君每天都按照平常一樣去小寺廟，並不是進行法修，而是在靈石上靜坐，讓自己的心緒平靜下來，調整到最佳狀態，回到學校準備考試。他專注地默讀著考試的內容，儘量讓內心保持平穩，終於順利完成了整個星期的考試。

對顧君來說，考試已經成為他長時間以來的持續任務。在過去的幾個月裡，他以最努力的準備、最佳的狀態去爭取最好的成績。

考試結束的第二週，學校開始陸續發放各學科成績。顧君心裡有數，但對他來說，轉校插班試是他接下來最關心的事情。

考試結果出來了：顧君的中文成績為八十六分，他的數學達九十八分，英文八十四分，均達到八十分或以上，都是達到了甲級或以上，顧君考到全班的前三、全級的前六名。

當顧君把成績單交給父親時，父親難以置信地看著兒子，他不敢相信在短短半年的時間裡，顧君以克服困難的態度大幅提升了自己的成績，並與優秀的學生一較高下。母親得知消息後，也激動得淚如泉湧。

母親是農村婦女，無法教導孩子知識，但她給予了最深厚的母愛，創造了最好的學習環境。

當然，顧君知道讀書不是靠父母，而是靠自己堅毅的意志力取得的成就，但這是對父母最好的回報。

這個令人驚訝的消息在整個學校傳開，大家都知道顧君的成績。但顧君對成績並不感到太驚訝，驕而不傲的保持著平常心。他繼續每天努力修煉，也致力於提高英文水準特別是基礎英文，為即將到來的插班試做準備。

有時父母也覺得兒子太累，肩負太多壓力，經常安慰顧君說：「其實我們不一定要插班，現在你在這所學校的成績這麼好，將來你還有很多機會。」

顧君是個意志堅定的人，絕不輕易放棄。他相信：堅持不懈，就能成功；放棄面對，就一事無成。一個年輕人應該利用美好的青春，抓緊機會為前程奮鬥，不要讓人生留白！

他重新檢視自己考卷的答案和標準答案，瞭解自己被扣分的原因，集中精力遍復一遍溫習。因為他深知這所學校的錄取難度非常高，絕不能辜負父母的期望。當然，父親在公司主動提到顧君的學習成績時，讓所有人對他刮目相看，成功用成績來對抗那些冷嘲熱諷的人！

第八十六章 ❖ 插班試

經過一連串的校內試，顧君的應試能力有了很大的提升，為他的插班試打下了堅固的基礎。不過，他更關心的是接下來兩週後……

顧君從同學口中得知，英文要達到九十分以上才能進入英文科的全級前十名。而他現在只有八十多分。雖然只相差幾分，但他知道在高分數線上的每一分都是一道鴻溝，是需要非常的努力和決心才能再有所提升。

顧君並不氣餒，反而正面思考如何提高自己的英文水準。

於是他向周老師提問道：「周老師，你覺得我現在的分數八十來分，我知道也算不錯，但是怎樣能夠提高到超過九十分呢？」

周老師沉默的十幾秒，陷入沉思當中……

說：「顧君，你明白嗎？成績是一個問題，要取得好成績，除了要掌握單詞和文法，還需要一定比例的創意。當你寫作文時，創意和描寫所佔比例很大，當然這是建立在你的基礎功夫之上，包括詞彙運用、文法和其他語言技巧。對於二、三年級的考生來說，一篇好的故事配合正確的語法和良好的修飾句子，是取得好成績的關鍵。你這次考試已經展示了你的課本能力，你需要更加專注於你的作文能力。但是，怎樣才能寫出一篇好的作文呢？如果你相信自己能夠做得更好，那你必須在這些方面深入研究。」

當周老師詳細地教導顧君如何寫一篇好文章時，顧君突然進入了一種玄妙的境界。大約二十幾分鐘後，他的腦子變得非常清晰，他恍然大悟地說：「我明白了，只要理解基本邏輯，一切都會變得容易。」

對顧君來說，他必須理解佛的領悟與英文作文的基本邏輯，這樣才能讓自己更進步。當然，佛的領悟是每天都在進行的事情，但是學習又何嘗不是呢？

潛移默化……

第八十七章 ❖ 入場考試

顧君的學習成績讓人驚訝，讓很多老師對他刮目相看。很難想像一個插班生能在這麼短的時間內取得如此巨大的進步。經過半年的努力，顧君終於認清了自己的優點和缺點，並繼續為未來奮鬥。

插班考試的那天，顧君早上七點必須去到學校報到。今天要連考三科，每科一個半小時，科與科之間，休息十分鐘。

學校門口人山人海，有幾百個學生等待入場參加考試。

顧君有點嚇到，於是問父親：「爸爸，這些人……都是來考插班試的嗎？」

父親點頭回答道：「是的，他們來自一年級、二年級、三年級、四年級，因為學校收插班生，所有人一起參加考試，肯定有數百人。而且這所學校是很多家長夢寐以求的好學校。不要給自己太大壓力，隨遇而安，菩薩一定會保佑你的。」

顧君說：「我沒有壓力啊。我只有努力而已！」他調皮地說了一句。

父親點了點頭，笑著說：「嗯，沒有壓力就好，順其自然吧！」

就這樣，八點整時，顧君進入考場，找到了自己的位置，坐下調理好自己的思緒。並且開始今天的英文、語文、數學三科考試的長途之戰。

顧君的父親在外等待，中間休息的十分鐘裡，他為顧君遞上麵包和清水。顧君心中感激萬分，因為他在裡頭考試，而父親在外等了幾個小時。顧君覺得這場考試不僅是自己一人，更是父子倆的共同命運！

顧君明白父親的心意，因此他並沒有要求父親回去。如是者，顧君經歷了總共四個多小時的考試。

對於顧君而言，他能夠在語文跟數學輕鬆獲取高分，英文也不是想像中的那麼困難。他後來才知道，和他一樣來參加考試的二年級考生有兩百多個，但名額卻只有四人。

考完，顧君跟父親說：「終於考完，可以回家了。老師說大概一週後便會知道成績，如果有被錄取的話，會收到學校的電話或者寄來的信。」

父親點頭說道：「知道了，你有留下我們的地址及電話嗎？」

顧君說道：「有啊！」

父親說：「終於考完了……能否入讀這間中學，就看你的運氣吧！」

顧君說：「是啊，那麼多學生才錄取幾個人……看來這家學校真的非常優秀！」

顧君的父親續道：「這所學校是很多人都夢寐以求的學府，而且是我們地區最佳的學校之一，還不用繳學費呢！還有，他們的大學錄取率也是非常高。」

父親把顧君送回家後，跟顧君說：「我得回公司一趟，你自己先做功課吧。」

第八十八章 ❈ 冷嘲熱諷

父親回司上班，顧君也考完試，接下來的日子主要專注於修煉。他曾經想過在暑假找份工作，減輕父母的經濟壓力，但那是以後的事情了。他盤腿坐在自己的小床上，開始修煉。

突然間，隔壁的包租婆輕敲了他的門，說：「小君，你爸爸給你打電話，出來接一下。」

顧君跑到走廊接電話，原來父親今天要加班，所以顧君要到公司接小妹回家。

顧君說：「沒問題。」

當顧君到達公司時，又聽到一些閒言閒語。他看見小妹有點累，對她說：「我們走吧。父親在這工作而已，其他的不用太在意。」

這家公司的其中一個老闆走了過來，以冷嘲熱諷的口吻說：「顧君你也在啊？我聽說啊，你今天早上去考插班試了，考那一家有名的學校啊！」

顧君點點頭說：「是啊，叔叔，我今天去考試了。」

那人說：「你真的去考了啊……有勇氣呀。這所學校是這裡最好的中學，我兒子以前也未能進入。你真敢去啊，你父親真幫你……幫你報名了。哈哈！真好啊。祝你好運，希望你考得進去！」

顧君說：「試試看吧……進不進得去那就看緣分吧。」

顧君還是有禮貌地回應，因為他知道這是爸爸的老闆，他接著向小妹說：「小妹，我們先回家吧。」

老闆還問：「今天不出去吃飯慶祝嗎？」

顧君說：「我先帶小妹回去。那個……等我爸爸回來之後我們再決定。」

那個人還不是太想放過這個話題，而且說：「我聽說你這次年級考前十啊！」

顧君接著說：「嗯，我還需要努力一點。」

那人說：「不錯啦，但這所中學跟我兒子的中學差距很大呢。」

顧君只能點點頭，對那人說：「我會繼續努力的！」顧君不想再多說，對小妹說：「小妹，我們走吧。回家先把功課做好。」

顧君帶著小妹回家，晚上小妹把在公司聽到的事告訴了父母。爸媽都很冷靜，在吃飯時對顧君說：「小君，你有信心嗎？」

顧君回道：「媽媽，我有信心，我相信能考進這間學校，但我感覺到我身邊都是非常優秀的競爭對手，所以我覺得這個隨緣吧，我已經盡力了。」

父親接著說：「小君，你知道嗎？謀事在人，成事在天。你已經盡力了，我們就很高興了。」

母親接著說：「是的，再怎麼說……但如果你已經盡了力，那就很好！而且我們移居到新環境才半年，讓你去考那所排名靠前的中學，我們覺得對你是有些困難。」

顧君接著說：「沒有，這也是我夢寐以求的學校。我也很希望能考上啊！媽媽，成績大概一週後才會知道……如果我們成功的話……學校會打電話來通知我們。麻煩你們告訴房東，多注意我的信件，或者學校打來的電話，這一週要多留意一下。」

父親接著說：「沒問題，我待會就跟她說。」

其實，顧君非常明白，這一切都會有安排，何必那麼緊張呢？他靜心地等待好消息的到來。

第八十九章 ❖ 正式錄取

縱然有個別父親同事的冷嘲熱諷，或是父母熱切的期望，顧君反而平心靜氣，等待即將來臨的消息。在漫長的一週等待中，顧君專心修煉，努力追回之前因專注考試而忽略的進度。

這一天，一家人正在共進晚餐時，電話突然響起，引發全家人的緊張情緒。包租婆敲了敲門，說：「喂！你的電話哦！」

父親迅速走出去接聽，不過片刻即回來，喜氣洋洋，手舞足蹈。

母親立刻問道：「怎麼啦？晚上七點多啊，是客戶嗎？你要出去加班嗎？」

父親說：「今天不用加班！小君啊，剛剛那所學校打電話來，他們錄取了你！」

媽媽一躍而起，喜道：「真的？！兒子考進去了？」

父親大聲說：「兒子考進去了！」他緊握拳頭激動得眼淚都流下來了。父親多年的辛勤努力，以前的嘲笑，終於換來今日豐厚的成果！作為一個父親，他期望子女出眾，所以他甘願犧牲自己，為下一代的幸福付出。

父親說：「你們等等，兒子考進這家中學，我馬上到樓下餐廳添加餸菜！」他立刻跑了下去，在十五分鐘之後拿著半隻令人垂涎欲滴的燒鵝回家。

他說：「我們今天加菜，慶祝小君考進東區最好的中學！來！我們一起慶祝！」事實上，對於顧君來說，他早就以平常心對待這件事，他渴望能夠減輕家庭經濟壓力，並希望能就讀一所更好的中學，為將來上大學做準備。

顧君感受到父母的興奮情緒。雖然他們壓抑已久，公司內部的閒言閒語使他們感到苦惱，但為了維護家庭，他們一直忍氣吞聲，從未反擊。

顧君明白這些情況，因此他努力考入這所中學，以實際行動回應他人。

第二天，顧君的父親把這消息告訴了同事，公司裡的老闆聽後對顧君的父親說：「真的嗎？你兒子考進去了。他讀書那麼厲害啊，老顧啊……你是不是跟那個學校的校長認識啊？」

顧君的父親說：「是啊，我跟他是親戚，只是姓不同而已。」

那個老闆說：「你們是親戚，怪不得顧君能考得進去。」當然這位老闆沒聽懂實際的隱藏意思！

顧君即將轉學，故知必須處理與他相關之人事，回去找所有關心自己的原校同學們，以及令人肅然起敬的周老師。

第九十章 ❖ 突破

顧君考試成功，進了一所很有名的公立學校。對他和他的家人來說，這是一個天大好消息，因為他們知道，知識能改變命運，未來有機會讓顧君擺脫貧困的束縛。

顧君的父母雖然生活貧困，但他們的兒子有機會能走上一條成功之路，近乎實現了他們的夢想。雖然前方的道路還很漫長，但至少有一個良好的開始及對未來的期盼。

這個消息傳到了顧君父親的公司。顧君的父親神情自信，走路都洋洋得意。顧君明白他父親為自己感到驕傲，不再在乎其他人的評論。他的父親曾經沒有機會接受良好的教育，但他努力工作，希望能給子女們提供更好的學習機會，他為此感到驕傲。

母親的公司亦得悉其子之入學，所有工友們都衷心恭喜母親。母親只是謙虛地笑說：「這都是兒子自己的努力，我們自己未能夠在學業上幫到他，我希望你們的兒女也能平安順遂。」

顧君明白這是家裡命運的重要轉折點，所以他父親把這個消息傳遞給了故鄉的家族成員。全家人都為顧君的入學消息感到高興，他們專程來到家族祠堂前，為顧君放炮慶賀，並感恩祖先保佑子孫能上好的中學。顧君心中感受到：原來一個小小的進步，可以改變整個家族的命運。

第二天清晨，顧君照常去馬寶山小寺廟修行，吸收靈氣，轉化為真氣內力。

經過幾個月的沉澱和不斷的修行，顧君逐漸突破自己，踏上更高的層次。終於在一次修行中，他運轉了小周天，從靈石中吸收靈氣。突然間天空變暗了，狂風呼嘯而來，樹葉被颳得到處亂舞，身體發出三聲巨響，顧君成功突破到了築基五層。他繼續運轉奇經八脈，平靜地將真氣循環回丹田，穩固著境界。

顧君能感覺到這一次的突破明顯超越了以前，奇經八脈中的突破聲漸漸平息，顧君也靜靜地沉澱著剛獲得的力量。

幾個小時後，顧君從修行中醒來，他已在靈石上度過了六個小時。他看到石頭中的靈氣已經完全被吸收，變成了普通的石塊。靈石消失了，靈氣也消失了，顧君心生疑問：接下來的修煉該怎麼辦呢？儘管他感到突破的喜悅，但現在他需要找到新的靈石來繼續修行。

第九十一章 ❖ 道別

顧君早上照常去小寺廟修煉後，他決意於暑假最後一天善用時間，與吳展邦、陳晞和程曉東相聚。他特地訪談周老師，告知轉校之事，周老師欣然贊同顧君的選擇，並衷心祝賀他能在極短時間內大幅提升學業成績。

顧君一直向周老師道謝，說道：「如果不是您願意悉心教導我，我不會取得今天的進步，尤其是在英文方面。」

周老師表示非常欣賞顧君的學習態度，希望他轉校後也能保持初心，努力學習，繼續保持競爭力。他提醒顧君說，新學校聚集了很多優秀的學生，不要給自己太大的壓力，並繼續努力學習。

陳晞和程曉東非常高興，因為他們知道好朋友有更好的發展機會，但也不捨顧君的離開。

程曉東率先開口說：「我們籃球隊以後沒有你……籃球隊的實力還得加強。」

吳展邦也告訴大家：「我也考到另一所公立中學，那是一所名列前茅的學校，以後不用付學費。」

陳晞則簡單地告訴顧君：「無論你們轉學到哪裡，我們都在同一條道路上，我會來接你放學。」陳晞笑了笑，因為如果他們選擇走路回家，就得從舊中學經過新中學。他們的感情早已超越同學的關係，彼此扶持、鼓勵，共同面對困難。

顧君對他們說：「無論我身在何處，你們都是我非常好的朋友，我們一定要保持緊密聯繫！」

在過去的幾個月裡，顧君發現吳展邦、陳晞和程曉東都是適合進入法修的人，所以他在和他們告別時說：「在我轉學之前，我們一起去吃個下午茶吧。」

他們三個人高興地答應：「好！」

當天下午，顧君邀請他們去之前吃冰淇淋的地方。顧君拿出他存了很久的零用錢，為每個人買份下午茶餐。

同學們感謝顧君，說：「謝謝你，你真好！」

大家開心地享受下午茶，顧君告訴他們：「我想告訴你們一件事，希望你們能保密，並且邀請加入我們的團體。」

顧君說：「其實我是一個修行者……」

陳晞、程曉東、吳展邦都放下手中的飲料，困惑地問：「顧君……這是什麼意思？」

顧君解釋道：「你們可能不太清楚我另一個身份，其實世界上有很多種能力，就像我在打籃球方面有特殊的能力一樣，我也有修行的能力……」

他稍微用力扭曲手中的鋼質湯匙，湯匙輕易地斷成兩截。其他三個人驚訝得目瞪口呆，紛紛問：「哇！這怎麼可能？」

顧君說：「這只是微不足道的小事，我告訴你們，我是一個佛法修行者，擅長佛修和法修，是一個修行者。我想帶你們去學校附近的小寺廟，給你們展示一些事情。」

顧君覺得在修行的世界中很孤單，所以他想找一些有靈根的夥伴加入他的團體，以形成更強大的力量。

第九十二章 ❖ 成立門派

下午茶過後，顧君帶著他們三個人前往馬寶山後面的小寺廟。當顧君去到寺廟的時候，濟生已經在那邊等候他們，並與四人一同向觀世音菩薩深鞠一躬。

顧君跟濟生介紹著：「這是程曉東、陳晞和吳展邦。」

顧君面色莊重地向四個人說：「你們坐下來，我想跟你們說點事情。」大家皆初見顧君如此嚴肅之面貌。

顧君說：「我想告訴你們，我是個佛修弟子，我既修佛又修法，我有特殊能力，你們剛才已經見識過了，那只是我其中一部分的能力，濟生也是我們修行界的人。其實在這個世界上有分開修行界和眾生界。濟生，你跟他們分享一下吧！」

濟生接過話題開始分享，然而三人沒想到自己每天一起上下學的同伴竟然也是修行者，而且是一位修為頗高的前輩。

顧君等三人還在驚訝中時，繼續說：「現將展示一法修成果。」顧君在小庭院展現真氣外放，輕巧地一步登天，飄浮在二十米的高處。

陳晞敏銳地指出：「你太厲害了，為什麼你之前不說？你應該在籃球比賽中運用這個能力！」

顧君說：「佛修的能力有其特定的用途，這種特殊的修行能力不是為了與凡人界爭鬥。我們修行能力是為了普渡眾生為目標。我告訴你們，因為我們幾個都是好朋友，你們具備良好的修行靈根，也是品德良好的人，擁有足夠的修行潛力。所以今天我帶你們來瞭解一下。濟生，你覺得他們怎麼樣？」

濟生雙手合十地說：「太師祖說得對。」

三人驚訝地看著濟生，不敢相信他對一個年輕人如此尊敬。

顧君繼續說道：「我希望你們三人也能擁有這種本領，所以我希望你們加入修行界。而且我覺得你們都有這種慧根。」

大家見識了顧君的能力，馬上說：「我們也想，我們加入！」

顧君馬上說：「這個能力是用來普渡眾生，而非用來隨便展示，你看你們認識我那麼久，也不知道我這個能力……」

三個人馬上沉默了，接著濟生也跟他們繼續講解有關修行界的事情，他們眼神堅定地看著顧君說：「你說，你是老大，你怎麼說我們怎麼辦？」

其實從上一次的邪惡修行者的鬥爭，顧君知道不能夠單靠自己獨立完成戰鬥任務，他一定要成立一支可靠的團隊。

顧君繼續說：「我想成立一個門派，門派的名字我已經想好了，叫『自在門』。我成立這個門派，邀請你們三個進來，作為我的第一代弟子，傳授我們的修行方式。」

我在老家認識了一位叫做虛木長老，他可以成為我們的太上長老。我非常歡迎你們的加入，如果你們不想加入的話，我希望今天發生的事，你們就當沒有發生過。」

三人應聲道：「我們願意加入！我們一定要加入，這是一個多麼難得的機會啊！普渡眾生，總要有多些人出一分力吧！」

濟生合掌，向顧君說：「太師祖，我不太適合成為你的長老，我的輩分太低了，我跟他們三位一樣，當您的弟子行不行？」

顧君說：「沒問題，你覺得這樣好也行，那就這樣吧，你是大師兄，其他三位是師弟，以後他們的修行暫時先交給你，你回去一趟跟虛木交代這件事，讓他儘快來港島，我有需要他來作證。」

第九十三章 ❖ 虛木到來

一週之後，虛木終於到達港島，來到小寺廟。顧君和在場的眾人都恭敬地迎接虛木的到來。

虛木虔敬地向顧君躬身致敬，說道：「師祖，您好，我對您的思念如江水般滔滔不絕。」

顧君回答：「我有些事情想要告訴你。首先，我成立了『自在門』，因為眼見世界越來越混亂，我們需要一股團結的力量，建立自己的門派。我知道你們都有佛門背景，可能來自龍山寺或者觀音堂等不同的殿堂。但我想要建立自己的門派。」

虛木謙虛地說：「太師祖，我和其他弟子都是您的學生，我們會遵從您的指示。」

顧君繼續說：「我打算從事一些與眾不同的事情，但現在還不宜透露詳情。所以先要成立『自在門』。」

虛木肯定地回答：「是，師祖，我等恭候您的指示。」

顧君接著說：「我自己擔任掌門，第一代弟子有濟生、程曉東、陳晞和吳展邦，他們是核心弟子。虛木，你將成為本派的第一代長老，濟生將帶領其他三位師弟修行，並邀請其他有緣者加入我們的門派。虛木，你要擔任起教導所有弟子佛修和法修的道路之重任。每位入門的弟子都需要我親自審批才能加入自在門。一旦加入，你們將負責管理他們，我會定期與你和濟生交流，推動修行的不斷進步。」

虛木和濟生合十回應道：「是的，師祖。我們明白您所做的一切都是為了有益眾生。我們知道單打獨鬥無法承擔如此重任，只有團結一致，才能發揮影響力。」

顧君繼續說：「我們上一世修行時力量薄弱，這一世我們不能再重蹈覆轍，希望你們能夠合作良好。」

虛木和濟生齊聲宣誓：「師祖，我們必定遵從您的法旨。」

吳展邦、程曉東、陳晞馬上接著說：「是！」

大家已漸漸適應這突如其來的轉變。雖然顧君不想和同學們有這麼大的區別，但是能夠帶領他們進門修行，已經是他們好幾輩子修來的福分。這一切都是我佛安排啊！

最後，顧君跟虛木說：「我已經在菩薩道六階，也已經到達築基五層，但是，這個石頭……已經被我吸取了內裡的所有靈氣。」

虛木答道：「是的，師祖。關於靈石的事情，我已經為您做好安排。明天，我將前往離島觀音堂與其他長老會面。我認為我們應該與他們商討建立門派的意向，同時也需要與當地政府商討相關事宜。」

顧君接著說：「好，你安排吧，我會去觀音堂，見見他們的。」

虛木說：「是的師祖，請您放心，我會辦妥這件事。」

第九十四章 ❖ 「自在門」認可

虛木去到離島觀音堂，與虛竹還有其他幾位長老們商議。

顧君帶著家人在週末去拜訪虛生長老，大家都迫不及待地想要學習佛經。

顧君知道今天將發生重要的事情，所以大家都坐下來開會。虛竹長老開口說：「師祖，我們都是您的門下弟子。如果您打算成立門派，我們定全力支持您。」

顧君立刻站起來，揮手說：「世道混亂，各種妖魔鬼怪存在，我們必須團結一致，時刻保持低調，不要暴露真正的力量，也包括我們彼此之間的關係。」

虛竹虔敬地合十：「我等明白師祖，我們會以極度謙卑的態度配合您的要求。」

顧君繼續說：「我決定建立一個新的門派，以自在為名。我們有四個弟子，濟生是大師兄，還有三個弟子。虛木長老將擔任我們門派的長老。」

虛木說：「謝謝您，師祖。我感到非常榮幸。我希望三位長老也能成為我們自在門的客席長老，希望你們能答應。」

三位長老立刻站起來回應：「只要我們能為您服務，隨時效勞。您給予我們這個寶貴的機會，我們將跟隨您的腳步，一起修行，這是我們的緣分。從現在起，離島觀音堂將成為自在門的一部分。」
顧君繼續說：「分支不是重點，我希望你們明白，我回來的目的是為了解救眾生的苦難。」
大家立即起身，紛紛回答：「師祖，您是為了眾生的幸福而來。」
於是，「自在門」正式成立，顧君終於在這些核心人物面前確立了自己的身份，觀音堂成為自在門最堅實的支持。
虛木和虛竹帶領顧君進入一個小禪房，虛木問道：「師祖，還有其他事情需要吩咐嗎？」
顧君簡單說明了他對靈石的需求。
虛竹接著說：「我們這裡也有一座天龍八部陣，之前留下來的靈石幾乎都沒有使用過。我們還剩下兩塊靈石，但我們無法啟動它們……」
顧君一臉喜悅地說：「馬上拿給我看看。」
虛竹立刻把那兩塊靈石拿給顧君，他用手捧著兩塊拳頭大小的靈石。
突然，小和尚在顧君的識海中出現，對他說：「你終於來到這階段！這兩塊靈石是為你留下的，只有你的精血能夠啟動它們。咬破你的小指吧。」
顧君咬破小指，兩滴精血滴在左右手上的靈石上。靈石立刻發出耀眼的光芒，散發出強大的靈氣，觀音堂彷佛變成了仙境，佛光籠罩著周圍。虛木和虛竹鞠躬道：「師祖，您真是神奇非凡。」

顧君繼續說：「這是天意所安排。我將留下一塊靈石守護觀音堂，另一塊我帶走。此外，我父母在外修行，只需讓他們明白佛法的真諦即可，他們並不適合法修。」

大家齊聲回答：「是的，師祖。我們會按照您的吩咐行事。」

於是，「自在門」正式成立，觀音堂成為他們門派中最堅固的後盾。

第九十五章 暑期工

在兩個月的暑假裡，顧君跟母親說：「媽媽，我想去你們工廠打工，我想趁著暑假，為家庭掙點錢。」

然而，母親心底稍有疑慮，因顧君體態瘦弱。

顧君堅持地說：「我還是想去試一試。」

媽媽說：「那好吧，明天你跟我一起上班。」

翌日清晨，顧君如常於小寺修行，亦善用由觀音堂贈之靈石。後母親攜之同往工場。顧君乖巧侍立於母之身後，同事皆對其友善有加。其實眾人不希望一個體質甚弱的年輕人加入工廠一起工作，寧願他專心讀書。

顧君看著媽媽在跟工頭打招呼，他說：「可以呀，小孩在這邊打工，不要做太粗重的工作。就當是給他學費吧！一天八十塊錢，好不好？」

媽媽說：「你隨便給……」

於顧君而言，這些都不是問題。他只是當一個普通人，也是修行的一個部分。

顧君在這工廠裡面上了三天班，發現工廠的空氣渾濁，令顧君的呼吸道不太好。媽媽就跟顧君說：「那你別來上班了，這裡不適合你，顧君結果上了三天的班，掙了二百多塊錢，去看中醫，把這二百塊錢花了……」

此事使顧君深切感受：父母辛苦勞作，皆為子女之愛護，然彼等無可選擇，僅能在此等勞苦環境下謀生。

此一經歷給予顧君極大打擊：誰不欲於辦公室中品茗，指點屬下開工？誰欲處於工廠之中？如欲享受輕松舒適之生活，必須努力學習。顧君亦深知自己當持續修行。

時光飛逝，兩個月暑假光陰迅速過去，顧君迎來新校園之生活。

第九十六章 ◈ 眾生之「為」

顧君在漫長的暑假中嘗試工作，真正體驗到賺錢的辛苦。

有一天晚上，小和尚再次出現在顧君面前，對他說：「小君啊，你從菩薩的道路上一步步開始，從領悟『眾生皆苦』，到『信』，到『念』，以及『點』的圓融和『渡』的境界。你知道下一個階段是什麼嗎？」

顧君回答說：「請教教我吧。」

小和尚言道：「所謂『為』，是什麼意思呢？當我們開始體悟到眾生都在受苦時，我們需必有所作為，我們必須堅持這個信念，明白每個眾生都是一個點，點聚成圓，一念成佛。我們要解脫眾生的苦難，但我們的初心必須以行動來支持。因此，我們需要有所作為。

「如來所說的『為』指的是人們的行為、言語和思想，以及這些行為所產生的因果關係，包括善惡。簡單來說，這是一種因果循環，人們的行為、言語和思想會帶來相應的結果和回報。

「如果一個人的行為邪惡、自私且有害，那麼他也會得到不好的結果和回報。如來的教法不僅僅是報應，而是教化世俗人的良機。如果一個人經歷了不好的結果和回報，其他眾生可以通過修行改變自己的行為，改變思想，塑造自己未來的命運，這就是因果的道理。今天的原因，明天的果報，因此，這也是激勵眾生修行的重要因素。」

小和尚以他內心的智慧啟發了顧君，顧君如置身於玄妙的夢境中，專心傾聽小和尚的教導，使他的心開始領悟到一點境界。他漸漸感覺自己即將突破菩薩道的第六階段，並擔負起引領眾生修行佛法的重大責任，所以他帶著父母一起來到觀音堂修行。

此外，顧君也明白自己身處亂世之中，需要做好迎接一切困難的準備。對他來說，這是非常重要的領悟，他終於在夢中突破了菩薩道的第六階段。

天剛剛破曉，顧君迫不及待地去了馬寶山小寺廟，默默地跪拜在觀音菩薩面前，將昨晚領悟的境界由內心深處傳遞給大慈大悲救苦救難的觀世音菩薩。

第九十七章 ❈ 嶄新校園

父親和顧君前往書店購買教科書，準備即將的開學。顧君對這十幾本書的價格感到震撼，一下子就花去了父親一個月的薪水，這讓他感到相當不安！

顧君對父親說：「爸爸，其實我們可以買二手書，二手書比較便宜……我不介意……」

父親跟顧君說：「雖然我們並不富裕，但是對於你們的教育費用，我一直都有準備，我不希望你們用二手書。」父愛的偉大在瞬間顯露，撼動著顧君的心靈。

九月一日開學日，父親將顧君送至新學校門前，顧君前往辦理報到手續。

顧君踏進了他夢寐以求的中學，迎接著無限的希望和光明。校工引領顧君到二樓的教室。顧君並不知道自己的座位在哪裡，於是選擇一角落坐在，靜靜地等待上課鐘聲。

時間飛逝，但對顧君來說，這段等待的時光似乎漫長無比。

一位教師進入了教室，名叫陳老師，是位中年身材豐碩的男老師。他是中文老師和這個班級的班主任。

同學紛紛自律起立，精神奕奕地說：「陳老師早安。」

陳老師接著說：「今天，我們班有兩位新的插班生。顧君剛從港島的另一所私立學校轉來，另外薛海建是從臺灣過來的插班生。」

課間休息時，薛海建走過來跟顧君打招呼，說：「我們兩個都是新生，以後可要互相依靠了。」

顧君說：「是啊，我們兩個以後就像命運共同體了，哈哈！」

同學們在休息時紛紛和顧君打招呼。顧君從這些交談中發現，這個學校的學生們都具有相當高的知識水準。他在心裡提醒自己不要驕傲。雖然他品學兼優，但他絕對不能鬆懈，免得被同學們超越。

顧君在心裡立下誓言，這種感受有點像與佛的修行。每一個階段的突破都充滿困難，但顧君鼓勵自己不放棄，只有不斷前進，才能走上成功之路。他深知無論是在凡人或修行的世界裡，考驗是人生巨大挑戰，前進的道路雖艱辛，堅持本心是實現最初目標的唯一真理。

第九十八章 ❖ 薛海建

顧君發現薛海建在語文、英文和數學方面都表現出色，再加上他性格開朗活潑，他們自然成為摯友。薛海建獨自遠渡重洋來到港島，而他的父母則留在臺灣。他寄居在舅舅家，離顧君的家只有三分鐘的路程，所以他們每天一起上下學，感情日益深厚。

不久，顧君發現薛海建也喜歡打籃球，於是他們經常一起打籃球。薛海建向顧君提議：「顧君，學校籃球隊正在招募新成員，你有興趣參加嗎？」

顧君卻謙遜地回答：「我想算了，我不打算參加。」

薛海建仍不放棄，笑著對他說：「你的球技不錯呀，我們一起去參加吧。」

儘管薛海建努力勸說，顧君仍然婉拒：「算了吧……我還是不想參加了……」

薛海建不再強求，只能點頭同意：「那好吧，如果你有興趣就告訴我吧！」

對顧君來說，每天去寺廟禮拜觀音是一個重要的任務。顧君運用靈石吸收靈氣，轉化為真氣內力，積攢了很長一段時間，已經達到了築基境四層的大圓滿。然而，他還缺乏突破的機緣。

微風中，秋天在不知覺中來到了，十月已經過了一半，顧君在回校的路上遇到了陳老師，他問：「顧君，你有空嗎？」

顧君說：「老師，您找我有事嗎？」

陳老師微笑著說：「你跟我來教研室，我有件事想跟你談談。」

當顧君和陳老師進入教研室坐下後，陳老師開口說：「學校想推薦兩位學生，代表學校參加全港島的中學作文比賽。我看過你插班試寫的中文文章，覺得你非常適合。我想推薦你去為學校爭光。」

顧君感謝地回答：「陳老師，謝謝您給我這個機會。那我應該準備些什麼呢？」

陳老師說：「沒有特定的要求，你可以選一個你想寫的題目，寫一篇大約一千字的中文作文就可以。我會把你的作品交上去，參加全港的中學徵文比賽。」

顧君仔細思考：這是他第一次參加全港的比賽，他必須好好把握這個難得的機會！他識海中湧現出無盡的思緒，希望能用最好的筆觸寫出打動人心的文章，向外界展示一篇引人入勝的作品！

第九十九章 ❀ 作文比賽

顧君回到家，興奮地告訴父母關於學校推薦他參加全港作文比賽之事，使其二人感到甚為高興及興奮。

父親語重心長地對顧君說：「你能夠代表學校是一件非常光榮的事，但是你不要太緊張，也不要給自己太大的壓力，儘管隨心所欲地表達自己心中所想，我和你媽媽沒有受過多少教育，所以無法給你什麼具體的指導……」

顧君微微點頭，對父親說：「爸爸，您不必擔心，我會做好準備。我會寫一些我喜歡的東西。」

母親在一旁續說：「對啊，爸媽沒讀過什麼書，也不能給你什麼指導。你覺得要寫什麼就寫什麼，把你內心的話寫出來。」

顧君說：「正是如此。實際上，我已經有一些想法了。」

那晚，顧君花了大約半個小時，放空了識海，重新思考，開始寫作。在寫作過程中，他不禁回想起與顧高、伍小欣一起度過的童年時光，以及在港島認識的吳展邦等人。顧君深知這些友情是多麼珍貴，他實在是有幸擁有這樣的交情。

對這些友情的思念，顧君寫下了一篇長約一千兩百字的文章，內容充滿了他對友情和親情的渴望。他深切思念在鄉間的朋友，懷念從前的校友，也非常思念鄉下的親人。他給這篇文章給冠名為《兩心知》。

第二天，顧君把這篇文章交給了陳老師，陳老師讀完後，內心充滿了感動之情。這位年輕的少年竟能用短短的一千多字寫出自己過去十年的生活、移民文化的衝擊，表達出如此真摯的友情和親情。

陳老師對顧君說：「你這篇文章寫得非常出色，講述了極為真摯的友情、親情以及童年時光。你的感情豐富細膩，文字流暢，結構也很有條理。」

顧君謙虛地說：「我只是把內心所思所感寫了出來……」

陳老師說：「沒錯，作文本來就是把自己所見、所聞、所感、所想全部寫出來，把內心深處的想法都表達出來，你做得很好。」

顧君微微地笑著說：「陳老師，我以後還要向您多多請教！」

陳老師說：「沒問題，我們都會關注留意插班生的進度，而且你入學成績甚佳，加油吧！如果你有什麼問題，可以隨時來找我。」

第一百章 ◈ 爺爺生病

時光如箭，不知不覺間，顧君已經在港島度過了一年多的時間。

這一天，顧君像往常一樣放學回家。父親為顧君聘請了一位家教，父親覺得他一定要在新學校保持競爭力，所以特別找了一位大學二年級水平的家教給他做輔導。

傍晚時分，父親面帶沉重的面色進屋，對全家人說：「我今日收到一封電報，三伯伯傳來消息……爺爺的病情嚴重……爺爺已年近八十三歲……」

顧君的腦海中即時浮現出爺爺身體健壯的身影，經常拿著扁擔挑擔售賣自己種的蔬菜場景。

父親繼續說道：「我打算全家回老家探望爺爺。小君，明天你回去跟學校裡請假。我們週五下午啟程，週一回來，你可能需要請假兩天，即週五和下週一。」

顧君答道：「知道了，爸爸。小妹，明天我先送你上學。順便也幫你請假，我們一家回去吧。」

一旁的母親眼角流下一滴淚水。

回鄉的前兩天，父親拿給顧君八百塊錢，說道：「你去買些小禮物，給你鄉下的兄弟朋友們，老家仍然是非常貧窮。這是你出來後第一次回老家……」

顧君思索片刻，說道：「爸爸，我們把這些錢留下……」

父親說：「你第一次回老家，應該帶些禮物，而且他們都是你的親戚，你給他們帶點禮物吧。」

顧君說：「那就買些吃的吧……也買些有意義的東西……」

顧君想起父親曾經送給他的錄音機，對他的學習幫助非常大，於是他去電器店買了六部迷你錄音機，打算送給鄉下的堂兄弟姐妹們，希望能幫助他們的學習。

經過二十多個小時的長途跋涉，一家人沒有回鄉的喜悅，只有對爺爺病情的擔憂。顧君一家帶著沉重的心情回到家鄉，父親一進門放下行李時，三伯伯和其他親人都圍在爺爺的病床旁，臉色凝重。大家緊緊握住顧君父親的雙手，嬸嬸姑姑們則拉著母親在一旁默默看著。大家心裡都明白事態嚴重。

顧君也立刻走向爺爺躺著的小房間，眼睜睜看著消瘦的爺爺躺在床上。蹲在床邊與爺爺輕聲交談，主要是告訴爺爺自己回來了，並且考進了一所很好的中學，一切都平順無恙，請爺爺不要擔心。

爺爺立虛弱地說：「嗯，乖孫子長大了。」

父親握著爺爺的手，爺爺有氣沒力說：「你……你回來了。」

父親這輩子最後三四十年都沒有機會和自己的父親一起生活，每年只能回來幾天，吃一兩頓飯，之後幾兄弟一起都蓋了房子，實現了爺爺一輩子的偉大心願。

第二天，顧君把自己帶來的小禮物，也就是那些迷你錄音機送給了自己的堂兄弟姐妹們。當每個人收到禮物時都異常興奮，這些禮物在他們心中只是傳聞，而現在每個人都能擁有。同時，顧君還給每個人贈送了幾張錄音帶，可以用錄音機錄歌或記錄學習情況，供複習之用。顧君詳細向他們傳達自己想要分享的心得。

古人有雲：「授之以魚，不如授之以漁啊。」

家人每天陪著爺爺，幾天時間忽忽而過。星期一早上，顧君的父親對爺爺說：「孩子們都要上學，現在都在請假，我們得回去了。你好好休養，不用擔心。」

爺爺點點頭，隨即奶奶從隔壁的小房間拿出個古舊的小鐵盒，裡面有幾個清朝大洋。奶奶說：「這是爺爺留給你們的。」

爺爺有氣無力地說：「我這一生沒有令人自豪的成就，只是一個種田的人，你要好好養育你們這些孩子，不要像我那樣辛勞。你為了生計，獨自到港島打拼去了。」

爺爺拿出六個大洋，分別給了三伯伯、顧君的父親、顧君的兩個叔叔，還有長子嫡孫顧士和顧君。顧君的大洋有特殊意義，因為爺爺清楚知道他的這孫子跟隨他的父親漂泊海外，作為鼓勵及留念之用。

爺爺用盡最後一口氣，把大洋放在顧君的父親手裡說：「我留下了六個大洋給你們。我沒什麼可以留給你們了。你們都比我厲害。」

爺爺講完後，閉上眼休息了。顧君第一次親眼目睹親近的人被疾病摧殘，這讓他深刻體會到生命的脆弱和轉瞬即逝。他曾經想用自己的力量幫助爺爺，但他明白生老病死是生命的循環。一切都不能強求，已有安排！

第一百零一章 ❖ 爺爺走了

顧君一家陪了爺爺數日後，就返回到港島，繼續日常的工作及學業。

又過了幾個晚上，顧君的父親面帶嚴肅地說道：「爺爺的時間無多了，三伯伯打電話來說，我和你媽媽先回去處理後事，你留在港島照顧妹妹。你們今次不要回去了，學校也不允許你們再請假……」

顧君微微點頭道：「爸爸，其實我也很想回去送爺爺最後一程。」

父親說：「他會知道你的心意。你要好好唸書，那就是對他最大的回報。你一個人在港島，還有妹妹還小，你一定要好好照顧她。不要亂跑，知道嗎？」

顧君說：「知道了。」

父親繼續說：「暫時不要想這些了，明天一早我們就要回去了，回去還有很多事情要處理。」

晚餐後，父母回到他們的房間，顧君和妹妹一起溫習功課。顧君隱約聽到母親問：「我們現在夠錢嗎？如果爺爺有什麼事，我們還要處理他的後事。」

父親說：「是啊，我們需要做些準備。老家的兄弟組妹們都比我們更困難，所以我們在外面多掙一些錢。」那時候的華國，鄉下親戚們的薪水只有數百元。雖然顧君一家在港島的日子平淡，但比起老家生活已經算是比較寬裕。

父親說：「我手上大概還有三五千塊錢，明天一早我們就要回去，我去找幾個朋友商量一下。」

說完，父親換了衣服，走出房門出去找朋友，後來先向朋友借了一萬多元，為爺爺辦理後事做好準備，希望能舉行一個體面的葬禮。

這位偉大的爺爺，先後培育出了兩位黨校書記、一位市級體育老師、一位華國人民銀行主任、一位市級化學老師，還有一位專業攝影師兼老闆。儘管父親沒有機會接受正規教育，但他親手建造了鄉下老家大部分的房屋。

在顧君心中，爺爺是一位極其偉大的農民，他獨自培育出眾多有知識的人，改變了整個家族的命運。爺爺的離去對顧君來說是一個巨大的打擊，他未能親自送他最後一程，內心感到內疚，但他不能停止學業。顧君緊握著與爺爺合照的照片，想起了爺爺慈祥的臉龐。他瘦高的身影，穿著拖鞋，在家後面的小店裡買著二兩地瓜酒和花生，坐在一群孫子面前講故事。爺爺給每個人分了兩顆花生，度過了一個快樂的黃昏。家鄉生活困難，但一家人團結地繼續生活下去。

顧君仰望天空中高懸的明月，大聲呼喊：「爺爺，你在西方極樂過得好嗎？我真的很想念您！」他已經無法抑制男兒淚流，並下定決心，把悲傷轉化為力量，繼續努力學習，將來成為對社會有貢獻的人！真正改變了家族命運的人是爺爺！

第一百零二章 平常心

連續數天顧君安坐牀上，思索著爺爺的過世和生老病死的命題。他深深體會到自己微不足道的力量，變得更強之決心更為堅定，脫離眾生之苦之修行更是無比殷切。

一週多後，顧君在家裡煮了一頓飯，迎接父母從鄉下回來。大家安靜地吃飯，最後顧君終於問了一句：「一切都好嗎？」

父親點了點頭說：「好，一切都已經安排好了，你的伯伯和叔叔們都盡力處理所有的事情，真是感謝他們。」

顧君說：「爸爸，我不需要家教了。」

父親問道：「為什麼呢？」

顧君堅定地回答：「我覺得我能靠自己的努力取得好成績，而且這個家教太貴了……我們家現在也需要存點錢，特別是這次爺爺的喪禮花了不少錢。」

父親先扒了一口飯，說道：「小君啊，錢的問題不是你們小孩應該考慮的，你們只需要把書讀好好就行。」

顧君堅持地說：「爸爸，我想靠自己努力讀書。學習只是其中一部分，現在你們也有機會去修佛，一切都是緣分。我想告訴你們，別覺得我年紀尚小就什麼都不懂……其實我很清楚自己的情況，我明白我們家境不富裕，但我相信學習才能改變命運。」

父母聽到這裡，把手上的筷子都放在桌上，對視片刻，看著顧君說：「小君，你知道你在說什麼嗎？」

顧君點點頭說：「知道，我很清楚自己在說什麼。我們來自貧困的家庭，但爸媽從來沒有吝嗇地培養我們。從之前的中學到現在轉到更好的中學，這些都是命運的安排，但更是大家努力的結果。」

母親點頭說：「是啊，這一切都是菩薩的保佑。」

父親繼續說：「如果你堅持不要家教，我希望你明白一件事，錢的問題由父母來解決，你只需要確保取得優異的成績。父母無法幫助你太多，因為我們自己都沒有受過多少教育，所以只有你最清楚自己的情況。」

顧君堅定地點頭說：「是的，爸爸，我很清楚。我一定會取得好成績，而且我還能幫助妹妹取得好成績。」

父親最後點了點頭說：「那好吧，我們會告訴家教老師說你暫時不需要了，你自己處理吧。」

顧君笑了笑說：「好的，爸爸，不會有問題的。」

實際上，顧君深知距離期中考試只有兩個月的時間，雖然他現在對成績排名已經不太在意了，但是他不能夠放棄學習。同時他清楚自己還要處理修行界的事務，包括自己的修煉、父母的修行，以及弟子們的前途。

第一百零三章 ❖ 「自在門」的運行

顧君和家人一起參拜離島觀音堂，父母進入廟裡聆聽佛經，而顧君和妹妹則在小庵堂裡專心做功課。突然，濟生敲門進來，問顧君是否有空。

顧君回答說：「好的，我們出去聊聊。妹妹，你繼續在這裡學習，哥哥稍微離開一下。」

妹妹點點頭說：「沒問題，哥哥你去吧。我自己在這裡，待會你來接我去吃午飯就好了。」

顧君跟著濟生走到寺廟後面子院子，虛木、虛竹和其他三位長老已經在那裡等候著他們。

他們欲想跪拜顧君，但顧君阻止說：「不用，以後我們不需要這些繁文縟節。」

虛木隨即附和道：「我們請您過來是因為有件事情要向您報告，也想聽聽您的意見。虛竹主持，你先說一下吧。」

虛竹接著說：「確實如此。師祖，我們收到警察局的通報，港島和龍島再次發生黑幫和修行者之間的非法活動。他們希望我們我能出手調查瞭解情況。」

顧君點點頭表示：「那去安排吧。我們必須盡早行動。」

虛木接著說：「上次的張將軍也聯絡了我，他希望您能與他會面，談談有關國家事務的事情。」

顧君問道：「他想見我？這是為什麼？」

虛木解釋道：「他知道您的身份……事實上，在這個國家中，修行界的政府部門是修行管理局，他們非常重視世俗和修行界的安排。我相信他希望能說服您加入管理局。您不需要參與日常事務，只是在關鍵時刻站出來就可以。」

顧君略為思考答道：「好吧，就這麼安排吧。」

虛木繼續問道：「您希望是在港島還是前往燕京與那位長官見面，哪一樣您覺得更方便？」

顧君回答說：「在港島吧……目前我不太方便外出，你和他商量一下安排吧。虛木和虛竹，你們兩位到時陪我見他。時間確定後，我們再討論具體安排。」

虛木和虛竹同聲表示：「最近黑幫頻繁有些動作，根據我們目前的線索，他們牽涉了築基二層和三層的修行者參與非法活動，但不排除暗中有更高深的修行者潛伏著。您認為我們應該如何安排？」

顧君接著說：「那就由你們去處理吧……李曉的修行有很大的進步，他已經接近築基三層的巔峰，他需要多一些歷練的機會。你讓他也參與處理這件事吧。」

虛竹說：「是，師祖，這樣安排最好，謝謝。」

顧君說：「那就這樣定了。虛木，那位將軍什麼時候會來？」

虛木回答：「我馬上跟他聯絡，大致上會是在下週。他身份特殊，不能隨意出境。但他提到如果您不反對，他可以在這兩週內抵達。」

顧君說：「不用著急，等他到了再商量。」

虛木說：「好的。」

顧君對眾人說：「趁各位現在都在，我想和大家分享一下我最近的領悟。」

虛木、虛竹和其他長老們齊聲說：「阿彌陀佛！請師祖分享，我們很榮幸能聽到師祖的教誨。」顧君開始講述他最近爺爺離開後的領悟，讓大家更加珍惜當下。顧君的分享使在場的眾人都得到了不同程度的領悟，受益良多。

第一百零四章 ❖ 中品天龍八部陣

顧君與各位長老商量大事及分享後，進入了天龍八部陣的修煉室。他盤腿坐在陣法中心，打出手印，啟動陣法。隨著不斷修煉，他感受到自己無限接近築基四層大圓滿的境界，他希望藉此機會窺探突破的方法。

他靜坐在陣法中心，打出手印，念誦口訣，心境進入奇幻的境界。他修煉小和尚傳授的《洗髓經》，運行小周天，瘋狂吸納靈氣，轉化為真氣內力，一步步接近築基四層大圓滿的境界。

突然，四周的靈氣波動越來越強烈，瘋狂地湧進他的體內。

顧君感到自己的奇經八脈急速擴張，靈氣有如洪水般湧入，奇經八脈如從小河變成了一條氣勢磅礴的大江。靈氣通過天龍八部陣的力量湧入他的體內，在奇經八脈中急速運轉，轉換成真氣內力。強大的力量在他的身體中流轉，回流到丹田，丹田的急速容量擴大了好幾倍。

這一剎那像經歷了千百年，顧君睜開雙眼，才發現其實只過了一個小時，他終於突破了築基四層大圓滿，正式踏入築基五層。現在，顧君一拳能媲美十虎的力量。

他滿意地笑了笑，他知道自己的功力已經達到中高階的層次。只有達到中高階，他才能更靠近築基九層大圓滿，就像小和尚告訴他的那樣：「我才能夠跟你一起進入潛意識輪迴修行的境界，那是最重要的境界之一。」

顧君迫不及待地踏出房間，再次展現真氣外放的能力。他發現自己能輕鬆地跳到近四十米高度，足足比之前高了十米。他滿意地微笑著，於空中施展輕功，像鷹隼一樣翱翔，返回小院。他還展示了瞬移技巧，自己的技能有著明顯的提升。

實力的增長讓他非常滿足。他有點想與虛竹切磋，看看自己築基五層初階的功力是否能與虛竹的築基六層相媲美。隨後心裡又想：等境界穩定下來再考慮這事，他現在必須先鞏固自己的基礎。

第一百零五章 修行管理局

這個禮拜天，顧君來到離島觀音堂，父母與眾長老討論佛經，小妹溫習功課。顧君知道修行管理局的代表會今天過來，因此各長老把顧君邀請到了虛竹的小後院裡。

當他到達後院時，眼前一位年逾九十的老人家已經站在那裡，精神矍鑠，散發著上位者的威嚴氣息，令人肅然起敬。

旁邊站著一個中年人，身材高大結實。虛木向那位老人家介紹說：「張將軍，這就是顧君師祖。」

聽到這話，那位老人連忙走過來，握住虛木的手說：「虛木師兄，好久不見。」而後向顧君躬身致意。

虛木點點頭回應說：「一切都好。」他們熱情地握手，因為這位張將軍曾經跟虛木一起修行，所以他們彼此稱呼師兄弟。虛木向張將軍介紹虛竹等人。

張將軍也介紹站在一旁的中年人，他是修行管理局的局長胡適之。顧君透過神識得知張將軍的修為約在築基二層，修行程度還不算深厚；而胡局長已經達到築基三層大圓滿，只差一步突破到四層的契機。

顧君也合掌向他們致敬說：「兩位首長好。」

張將軍連忙說：「您是虛木的師祖，我一定也需稱呼您為師祖。」

顧君微笑道：「不敢當，張將軍是我們華國偉大的英雄，曾經救助許多農民免於苦難。我從小就聽過您的事蹟，您是我心目中的英雄。各位請坐，我們喝杯熱茶吧。張將軍，不要客氣，這裡離城市比較遠，請您見諒。」

張將軍笑著說：「沒關係，我喜歡隨地坐著，隨時隨地，這是戰場上的習慣，與眾人一起席地而坐。」他的笑聲洪亮，氣勢十足。胡局長雖見大家都坐下，但仍然默默地站在張將軍身後。

張將軍擺手道：「你也坐下吧，這裡不需要那麼多規矩。」

胡局長輕輕地坐在張將軍後面。

眾人開始交談，張將軍誠摯地對顧君說：「顧君師祖，雖然您年紀還小，但您的修為已經非常高深了。我聽虛木師兄說您已經突破了築基四層。」

顧君笑了笑說：「準確地說，我剛在今天早上突破了四層，現在已經進入了五層。」

張將軍讚嘆道：「阿彌陀佛，您太厲害了。」

胡局長聽到這消息，身體微微顫抖。他自己已經修行了三十多年，卻仍然停滯在築基三層大圓滿，無法突破到四層。而眼前這位少年只修行了五年多，卻已經達到了五層，這得有多深的佛緣啊！

張將軍接著說：「師祖，您願意加入我們的修行管理局嗎？您的加入將使華國更加強大！」

顧君微笑回答：「我很樂意為國家貢獻，但是我年紀還小，不方便在政府任職。如果碰到無法解決的困境，只要我能力所及，我一定會伸出援手。」

張將軍續道：「國家就是人民，為人民就是為眾生，這正是我們佛家弟子的責任。如果有關經濟或學習等方面的事情，或者其他需要協助的安排，我們都會盡力幫忙。」

顧君忙擺手道：「不用這樣，我出生在普通的農家，希望親自體驗凡俗界的修行，感受眾生的苦難，從而希望能夠拯救眾生。」

在場的眾人齊聲合十道：「師祖的領悟真是深奧，您存在於眾生界，真是天賜之福。」

顧君與眾人討論起他在佛教修行上的領悟，每個人在短短的一個小時的交談中都受益匪淺。

顧君也感受到胡局長的氣息劇變，並且感覺到他在築基三層停滯已久，有些和當年的濟生和虛木相似。

顧君勉強答應了胡局長和張將軍，說：「那就給我一個名銜吧。」

張將軍接著從口袋裡拿出一本冊子，上面寫著「顧問主任：顧君」。當然，這只是虛名，他並不會參與日常的管理工作。如果港島或整個國家有危難時，顧君一定會出手相助。

第一百零六章 ❖ 高度修行

又一個週末，顧君帶著程曉東、陳晞和吳展邦去到離島觀音堂。他們來到小後院。顧君向眾長老介紹了這三位年輕有志的修行者，長老們對他們非常友善，深知他們是未來修行界的希望。

顧君認真地對他們說：「程曉東、陳晞、吳展邦，這幾位都是修行界非常資深的住持和長老，修為都很高深。如果你們想提升修為，應該多向他們請教。或許你們可以和家人商量，每週日來這裡修煉。」

程曉東首先表示困擾：「這可能有些困難，我還是中學生，如果家人問起，我不知道該怎麼回答……」

陳晞和吳展邦也點頭表示類似的困擾，詢問是否有解決辦法。

顧君思索片刻，轉向虛竹問道：「你們有什麼建議嗎？」

虛竹說：「我有一個想法，不知道是否合適……如果他們仍然留在港島，修為必定難以提升。而且他們年紀尚幼，修行時間尤為寶貴，還未達到築基一層的境界……」

虛木補充道：「也許我們可以在港島找時間，一起修煉。您覺得如何？」

顧君欣然道：「那就這麼辦，我們可以在舊學校後山的觀音寺修行。」

虛木點頭表示同意：「是，師祖。」

顧君繼續說：「我們要共同提升修為，一步一步進步！虛竹、虛木，我今天會帶他們進入天龍八部陣的修煉室。」

虛木接著說：「是，師祖。我們會在外面護法。」

顧君傳授給他們運轉小周天的口訣，引導他們初次進行小周天的運行。看來他們確實具備修行的潛力。三人很快就能進行小周天的運行修煉。

經過大約兩個小時，在顧君的指導下使得每個人都能順利進行三次小周天的運行。果然，天龍八部陣可以事半功倍地提升修為。在經歷數次小周天之後，他們逐漸形成微小的丹田。雖然遠遠無法與顧君相提並論，但至少他們已經真正踏上修行之路。

顧君帶領他們三人回到小院中，說道：「你們是否感受到自身力量大幅增長？現在你們已經進入修行，所以修行界的能力與力量不可以隨意展示，明白嗎？」

接著，顧君繼續說：「濟生會教授你們少林羅漢拳，這是入門拳法，你們必須熟練掌握。」

程曉東、陳晞和吳展邦連忙道：「辛苦了，如果沒有您，我們就沒有這個機會了。」

顧君繼續說：「切記，只有在佛修更深的基礎上，法修才能有所進展。」

濟生隨後帶領他們在院中繼續修煉，太陽西下時將他們護送回港島，約定下週日開始在後山小寺廟修行。

第一百零七章 作文得獎

這天上課前，陳老師找到了顧君，向他傳達一個令人振奮的消息：「顧君，你拿到全港優譽獎。這次作文比賽，全港每間中學都派出兩位代表，好幾百位優秀同學參加。而你只是中三學生，競爭對手大多都是高年級的同學。」

顧君問：「那結果有區別嗎？」

陳老師滿懷驕傲地回答：「當然有。全港只有十個人能獲得獎項，你就是其中之一。」他隨後拿出一個信封說：「這是一張書店禮券，價值大約八百元，你可以去書店買些課外書。你的文章將與其他獲獎學生的作品一起出版成書。這也可以算作獎金及稿費了！」

顧君對陳老師表示感激：「謝謝陳老師。」他至少知道自己的文章在港島的一流學生中算是出色的。而從陳老師的語氣中可以推斷，排名前三的同學都比顧君年紀大好幾年。

當晚，顧君把那些書卷交給了父母。妹妹立刻說道：「哥哥，可以給我一張嗎？我想買一本故事書。」

顧君答應道：「好，我們過兩天一起去買。」

之後，顧君對父親說：「爸爸，這些書卷下次可以用來買教科書。」

父親搖搖頭說：「小君啊，這些是你自己比賽贏來的。你可以和妹妹去買故事書，看看還有哪些課外書你感興趣。其他的教科書，我們會為你準備好。這是你自己憑實力贏得的獎品。」

顧君說：「好的，謝謝爸爸。」

妹妹在一旁說：「哥哥，那如果這樣……你的八百元可以分我兩張嗎？那本故事書分成四集，每集大約三四十塊錢……如果沒有兩張，我買不了整套書……」

顧君認真地對妹妹說：「你也要努力，盡力展現自己，將來也會有收獲。知道嗎？」

妹妹說：「我知道了，但你能幫我買嗎？」

顧君說：「好，明天我就帶你去買。」

妹妹歡喜地笑道：「哥哥最好，哥哥最好！」

雖然今晚的晚餐很簡單，但顧君一家的生活充滿了溫暖。

第一百零八章 ❖ 新學校考試

時光荏苒，光陰似箭，顧君的生活繁忙而充實。

十一月中的一天，在第一節課前的早會上，班主任陳老師向所有同學宣佈：「本學年期中考將於聖誕前一週舉行，離現在還有大約四週的時間。」

顧君一如往常地努力準備著，因為他知道身邊同學的整體實力比他以前學校的要強得很多。

港島的教育體系主要以優秀學校為主，每所學校都有不同的等級排名，共分五等。顧君現在就讀的學校屬於第一等級，而之前的學校則是第二等級。第一等級的學生競爭更加激烈。顧君大致估計：在以前的學校，他可以排在班上前十名，但在這新學校可能只是處於中游水準。

顧君心中暗自思量：我的數學和語文已經無法顯示出我的優勢，而且我的英文水平並不可自己像以前那樣快速提升。此外，現在我是中學三年級的學生，需要同時應對多個科目，包括化學、生物和物理。事實上，在顧君心中，他最喜歡中文和數學，但作為一個優秀的學生，他必須能兼顧其他科目。

顧君向薛海建說道：「你覺得我們該怎麼辦？我們兩個對考試規矩還不太熟悉……」

薛海建回答說：「別太擔心，只是一次期中考試而已……我們放輕鬆一點應付就好。」

顧君心想：薛海建的領悟力真高，他比我更能保持平常心。雖然我已經學了半年的英語，但其他同學已經學了十多年的英語了。

顧君對薛海建說：「嗯，你說得對，我們都要努力！希望能在這次考試中取得好成績。」

面對身邊眾多成績優秀的同學，顧君感到壓力重重，但他還是要努力在這次考試中爭取好成績！

顧君密鑼緊鼓地準備期中試。他每天都花大量的時間複習各科目的知識，解題和做練習題。他也主動向老師請教不懂的問題，積極參與學校的補習班和學習小組，以提高自己的學習效果。

在這個過程中，顧君意識到自己在學習上的不足之處，尤其是在化學、生物和物理等新增科目上。他決定把更多的時間和精力投入到這些科目的學習中，透過閱讀教科書、做實驗和參加學科競賽等方式來提升自己的理解和應用能力。

第一百零九章 ❖ 弟子們突破

時光如流水般匆匆流逝，在繁忙的考試準備中，大家仍然在約定的每週日在馬寶山小寺廟修煉。

顧君觀察了程曉東和陳晞，發現他們的氣息比較穩定，但有些異樣。

顧君問道：「程曉東、陳晞，你們的修煉進展如何？」

程曉東回答說：「和您以前一樣，每天早上來這裡修煉一小時，然後去上課。」

陳晞接著說：「我和程曉東意識到自己的悟性沒有其他人那麼高，所以我們必須更加努力。」

吳展邦也說：「是啊，他們倆可以這麼做，我所在的學校離這裡有點遠，無法像他們那樣安排。不過我會儘量多領悟。」

顧君對濟生說：「你帶他們去練習少林羅漢拳吧。」

濟生答道：「好，太師祖。」

於是，濟生帶領著三個弟子開始練習。顧君在一旁觀察並道：「很不錯，短短幾星期的時間，你們至少跟得上進度。」

顧君繼續問道：「他們對佛法的領悟如何？」

濟生回答說：「三位師弟都突破了眾生道，進入了菩薩道。他們開始領悟『眾生皆苦』這個佛理，所以他們的少林羅漢拳修為也有所增長。」

顧君點頭稱讚，說道：「這次是你帶領他們修煉，功勞最大。」

濟生謙虛地說：「一切都是太師祖的安排。」

顧君接著說：「我們一起來領悟佛陀的真義。」

眾人圍坐在靈石周圍，顧君開始逐字逐句傳授他對佛法的領悟，眾人的氣息逐漸提升。

顧君說：「現在開始運轉小周天，形成一圈，吸收靈石中的靈氣，轉化為真氣內力。」他其實是想藉此機會，用自己的真氣影響周遭的人。他釋放出自身全部的靈氣，湧向弟子們，這對修行者來說非常有益。

當然，他們並不能完全吸收所有的靈氣，但顧君知道，他的幫助會加快提升弟子們的功力，讓他們在短時間內有明顯進步，這樣整個門派才能更具實力。

太陽開始由西山落下，準備掛上一幅巨大的夜幕，顧君發現身旁的眾人，尤其是濟生，已準備突破到大圓滿境界，根基牢固。其他三位弟子也接近突破的邊緣，只需要適時的機會，就可以突破目前的境界。

顧君對三位弟子說：「你們的氣息很堅實，繼續穩定自己的境界，尋找突破的機會。濟生，你也是一樣，你很快就會突破的。」

四個人彎腰齊聲道謝：「謝謝您的指點。」

顧君接著說：「今天就到這裡吧！回去吧。」

第一百一十章 ◈ 李曉再受傷

顧君突然收到濟生的通知，緊急來到離島觀音堂，由虛竹帶領他到小後院。長老們對顧君充滿敬意，但卻神情憂慮地告訴他說：「師祖，李曉又受傷了……」

顧君緊張地問道：「他在哪裡？」

虛竹回答：「他就在我的小屋裡，狀況十分嚴重……我們嘗試運用真氣內力給他治療，但效果有限……所以才不得已請師祖前來幫忙。」

顧君說：「帶我進去看看吧！」他走進小房間，看到李曉臉色蒼白，全身冒汗，在牀上不斷顫抖。

顧君皺起眉頭，抓住李曉的左手，運用自己的真氣內力，探查他的奇經八脈。識海中浮現出小和尚的聲音：「他受了重傷，中了真陰派的秘招，中招的人會全身蒼白，狀況極為危險。你必須驅逐他體內的陰寒之氣，讓他的奇經八脈恢復。」

顧君說：「我明白了，以我現在的修為能獨自治好他嗎？」

小和尚回答：「你會很吃力，最好讓虛竹、虛木和三位長老一起發功，驅逐他體內的陰氣。你再幫他運行小周天，否則他撐不了多久……」

顧君說：「好的，我明白了。」

他轉身對虛竹說：「我大概知道他的病情了。虛竹，馬上把虛木及其他三位長老都找來。我們六個人一起運功驅逐他體內的陰寒之氣……時間不多，趕快去吧。」

虛竹領命，立刻前去喚來虛木及三位長老。不久後，四位匆匆趕來，顧君帶領眾人運轉真氣內力，全力驅散李曉體內的陰邪之氣。過不了一會兒，虛竹、虛木和三位長老臉色蒼白，汗如雨下。顧君知道他們已經到了各自的極限，命令停下來，自己開始運轉小周天法門，將自己的真氣傳遞進李曉的奇經八脈，並告訴他：「跟隨我的真氣運行吧！我正在恢復你的小周天。」

又大半個小時過去了，顧君臉色蒼白，額頭冒汗。李曉終於清醒過來，對眾人表示感謝。

大家坐下來，盡力依靠天龍八部陣恢復剛才消耗的真氣內力。最終，眾人的功力稍微恢復了，李曉的傷勢也大有改善。

這時顧君問道：「發生了什麼事？」

李曉回答：「我找到那幾個邪惡修行者，和他們交手幾招……但是……他們來了一位非常強大的長老，我不幸中了他的掌法，受了重傷，幸好我憑輕功逃脫了他們的追捕。」

顧君說：「明白，那你覺得他是什麼程度修行者？」

李曉回答：「弟子愚昧，我看不出他的修為深淺……他非常強大，他的出現讓人防不勝防。」

顧君說：「我瞭解了，你好好休息吧，我會和幾位長老商討。」

虛竹說：「這件事有些棘手……我們可能要親自出馬了。對於普通人來說……這是非常重要的事情，其中可能涉及到巨大的陰謀。我們需要進行深入調查。」

他又對虛木說：「你打個電話給張將軍和胡局長，讓他們協助調查，他們應該知道一些情報。」

虛木回來後說：「因為上次真陰派受到損害，他們想要報復。」

顧君說：「剛才李曉提到對方的陰險內力，這很難防備……我很擔心你們。」

虛嗔長老立即表示願意幫忙，說：「弟子願意出一份力。」

顧君沉思片刻，說：「好吧，這次你去管理局和那些人見個面。濟生，你和虛嗔長老負責這次行動。現在我要向你們展示一下我最近領悟的『空中飛翔』。」

顧君瞬間飛升到四十多米的高空，就像老鷹在天空中翱翔一樣，運用真氣的力量。在場的五位人們驚嘆不已，看著顧君輕功的精湛表演，感到非常驚奇。

顧君教授給眾長老「千變萬化」的口訣和手印。顧君說：「一旦你們學會了『千變萬化』，你們可以隨意改變自己的形態，這樣他們就很難追蹤我們了。」

眾長老合十回答：「謝謝師祖傳功，這件事就交給我們處理吧。」

顧君說：「我再過兩三週就要考試了，如果你們有問題，要及時告訴我。」

第一百一十一章 ❈ 父母之菩薩道

顧君希望全心應對即將到來的考試，但他剛接到虛木的電話，告訴他虛嗔和濟生已經捕獲了真陰派的長老。

顧君說：「你們先審問一下，再通知胡局長吧……你們自己處理吧。」

濟生在電話中尊敬地說：「我們會處理好的，只是讓您知道，上次的問題已經解決了。我們現在要想辦法增強自己的實力。」

顧君稍微停頓了一下，認真地說：「嗯，我知道了，我自己是管理局的主任……等大家過完這個聖誕節……當程曉東、陳晞和吳展邦修煉到築基二層時，我也會讓他們到胡局長那裡掛個職位，這樣我們行動起來會更方便。」

濟生接著說：「好的，我們會按照您的指示行事。另外，太師祖，我還有一事報告，您的父母親已經踏入了菩薩道，他們剛領悟了眾生皆苦。」

顧君高興地說：「太好了！這都是你們的功勞。我也注意到他們的領悟以及年齡，已不太適合法修，但小妹還有機會。我打算再過一年半載再考察他們領悟情況。本週日你帶著三位師弟去修煉吧。我想留在家裡好好溫習，我還有兩週就要考試了。」

濟生在電話中恭敬地說：「是，太師祖。」

事實上，顧君需要同時應對許多考試科目，包括語文、數學、英文、化學、生物、地理、物理、公民教育和經濟課。他感受到了巨大的壓力。他給自己設定目標，希望能進入全班前十名，儘管身邊有很多優秀的同學，但他仍然努力克服困難，提升成績。

顧君知道無論修行多麼困難，他都能夠堅持下來，更何況只是人間的讀書呢？他每天努力練習解題，同時也修煉自己，這樣他能夠專注應對生活中的難題，並逐漸增強領悟力。顧君對薛海建說：「我們大家一起努力學習！一定要出類拔萃！一定要為家鄉的家人爭光！」

薛海建說：「是的，我們一定要努力奮鬥。不能丟人現眼！」

第一百一十二章 ❖ 三伯伯來港

這一天，一家人享用晚餐之際，父親高興的說道：「你們的三伯伯下週要來港島。」

母親好奇地接著問：「他是來定居嗎？還是來旅遊？」

父親回答說：「他只持有七天的旅遊簽證，此次來港主要是為了募集資金，協助建設海安中學，為後代持續教育作出貢獻。」

顧君心裡想著：三伯伯是個悲憫眾生的人，這就是真正的普渡眾生啊！他希望透教育改變一個鄉村的命運，這實在是一個宏大的願望！

終於，三伯伯來到了港島，他率領著教師團隊及陪同著海安鎮教育局的官員們。他在港島的幾天忙於繁務應酬，僅能於晚上與顧君一家共進晚餐。三伯伯目睹他們家境貧困、生活艱辛，對顧君一家深感憂慮。

然而，在與三伯伯談話的過程中，三伯伯還是給予了顧君非常正面的思想引導，而且他是中學老師，他詢問了顧君和小妹的學習狀況。他舉起右手拇指公道：「小君，你真努力，明白要認真讀書。雖然現在生活稍為困難，如果你們能勤奮讀書，將來找到好工作，生活會逐漸改善，知道嗎？」

顧君點頭回答：「是的，三伯伯，請不用擔心我們。」

在港島的這段時間，顧君體驗到人情冷暖，並看到辛勞後的成果。而且他在與三伯伯的對話中，看到了一個偉大教育家的影子，而這個影子體現了普渡眾生的精神。

這次相聚給顧君帶來了巨大的啟發。他意識到，原來在這眾生界裡有許多像怒海中燈塔的人，在眾生遭受困難時，他們以自己的生命照亮他人，盡力成就他人的一生。這體會更成為年紀小小的顧君努力奮鬥的動力及堅持。

第一百一十三章 ❖ 緊張考試

明天就要考試，顧君的父母察覺到顧君越來越緊張，不斷提醒他要照顧好自己的身體。儘管顧君試圖透過修行放鬆自己，使自己保持冷靜及保持高效的學習狀態，但他為自己設下的目標也給他帶來了沉重的壓力。

顧君感到非常緊張，甚至難以入眠。每當他想到明天早上的考試，便遲遲未能入睡。他試圖強迫自己放鬆，但也無法入眠。

母親聽到顧君輾轉反側的聲音，悄悄起床來到他的床前，對他說：「小君，好好躺著休息，你需要好好睡覺，保持冷靜的心態，這樣明天才能應對考試。」母親為他蓋好被子，輕輕拍著他的胸口。母親給予他無限的支持，讓他想起幼時依偎在母親懷中入睡的情景，這給予顧君一種安全感。

第二天早上醒來，母親已為他準備了豐盛的早餐。父親在吃飯時對顧君說：「小君，凡事隨遇而安，你已經做好充分的準備，現在只需要把每一場考試都考好，我們對你非常有信心，不要給自己太大的壓力。」

顧君說：「知道了，爸爸媽媽，我會全力以赴的。確實，昨晚我是有些緊張，因為同學們都很優秀，讓我感到壓力，但這些壓力也是我的動力！」

他深深的吸了一口氣，挺起胸膛，準備迎接第一科的考試！

他走進禮堂，找到自己的座位，靜靜等待試卷的發放。今天是英文考試，包括作文和閱讀理解。顧君細心地回答題目，他沒有慌亂，知道準確性更重要，不想犯細微的錯誤。

每天考一科，七科需要用上一週多的時間。這一星期半的努力讓顧君覺得辛勞並不徒然，且能在考試中展現應有的水準。

當顧君考完最後一科時，他舒了一口氣，說：「終於考完了！」他和薛海建一起走回家，討論剛剛的考試。薛海建對他說：「我們終於考完了！要不要出去玩一下？」

顧君回答說：「我也有這個想法，但我想先休息，向父母彙報考試情況，他們也在擔心呢！」

薛海建笑了笑說：「你真是孝順啊！那好吧，明天學校再見吧。」

顧君回到家，當晚向父母報告考試的情況：「你們不用擔心，我覺得表現不錯！我覺得自己英文水平比在以前中學時好多了。我希望能取得好成績！下週就會公佈成績！」

父親說：「小君啊，你已經盡力了，對吧？」

顧君點點頭說：「是的，爸爸，我盡力了。」

「既然如此，那就好。成績固然重要，但如果你已經盡力，就沒什麼可擔心的了。

即使這次成績不如預期，你還有進步的空間，為下次考試打下更堅實的基礎。現在該放鬆一下了。」

顧君接著說：「好的！我知道了。」

第一百一十四章 ❖ 齊心打球

顧君打電話給程曉東、陳晞和吳展邦，約他們一起去打球，同時還要向他們介紹一位也喜歡打籃球的新朋友。

第二天放學後，他們來到附近的公園，互相介紹了一下。程曉東、陳晞、薛海建、吳展邦和顧君一起在球場上奔跑，歡笑聲不斷，大家漸漸熟悉起來。

顧君心中想道：「薛海建看起來非常有靈根，很適合修行。」

五個人站在球場旁，喘息之餘一邊聊天。

顧君問他們三位說：「你們什麼時候考試啊？我剛剛才考完。」

陳晞說：「你知道的，我們是聖誕節之後才考試，還有一個多禮拜吧。今天我們出來輕鬆一下，不然壓力太大……」

程曉東問顧君：「你考完了嗎？」

顧君回答說：「是的，我剛考完，所以出來放鬆一下。」

吳展邦接著說：「我還沒考試，我們學校好像稍晚一些，我們是佛教中學。我想下個月初才要考試吧。」

薛海建突然問顧君：「噢，顧君，你們之前是同學嗎？」

顧君微笑回答說：「我們四個人以前都是同一所中學的學生，只不過我後來轉學到現在這所中學。」

「哦，明白了！」

程曉東說：「顧君的籃球技術非常好，以前他也是我們籃球隊的主要得分手之一！他對戰術研究很厲害！」

薛海建說：「我曾經邀請他參加中學籃球隊的選拔賽，但他都沒去……」

程曉東和陳晞相互對望，陳晞接著說：「他以前也不常來練習……我們很多時候都要依靠他的分析才能贏球啊。」

陳晞自豪地說：「程曉東是我們籃球隊的隊長！我是中鋒，你看我們今天的配合多好啊！有中鋒和前鋒，還有後衛，還有快攻，還有三分射手，所以我們贏了好幾場比賽，哈哈！」

程曉東接著說：「走吧，差不多了，我請大家喝汽水。」

顧君說：「好啊，我們走吧。」

大家開心地去便利店喝汽水，各自回家。

第一百一十五章 ❀ 共同突破

濟生、程曉東、陳晞、吳展邦和顧君依舊聚在小寺廟裡一起修行和領悟。

突然，顧君感覺到吳展邦的氣息劇烈變化，他知道吳展邦可能即將有突破的跡象，於是他中斷了自己修行。因為他明白吳展邦會需要吸取大部分靈石的靈氣突破，所以他停下來把靈氣留給吳展邦。同時他細心守護在吳展邦旁邊，關注他的突破。

顧君同時察覺到陳晞和程曉東的氣息明顯變化，他領悟到一個人的突破也會影響其他人的氣息，使大家相互促成突破。濟生這時也睜開眼睛，停止吸收靈氣，樂意將所有的靈氣留給程曉東、陳晞和吳展邦。

對顧君來說，幫助他們突破築基一層是一件輕而易舉的事，但要確保他們的安全，他需要付出很大的注意力。

顧君輕輕對濟生說：「你去前面的小路口守護，別讓其他人靠近，謝謝你！」

程曉東、陳晞和吳展邦不停的運轉小周天，貪婪地吸收靈氣，將其轉化為真氣內力，再儲存在丹田。

突然，吳展邦的氣息產生劇烈波動，率先突破到築基二層，隨後陳晞和程曉東也相繼突破到築基二層。

顧君對他們耳語道：「繼續運行，穩固境界。」

三人繼續吸收靈氣，鞏固剛剛所領悟的境界。大約一個小時後，他們的氣息波動終於漸趨平緩，顧君知道他們的境界已經穩固。

三人起身，向顧君表示感謝：「謝謝您的守護。」

顧君說：「不客氣，現在我教你們如何外放真氣，你們試試看。」

於是，顧君和濟生親自示範了如何將真氣外放從而施展輕功，讓三人嘗試練習，結果他們的身形升至近四米高處。

顧君充滿了喜悅，看到他們突飛猛進，讓他感受到了佛法的恩澤。他們停下腳步，站到地上，相互欣喜地看著對方。

陳曦甚至說：「真神奇啊！修行原來有這麼奇妙的感覺，現在我感到非常強大，輕易能戰勝數頭牛！」

顧君嚴肅地說：「你們不能輕易運用修行的力量，尤其是在籃球比賽中。修行本來是個人的修煉，但也是佛法的修行，切記不要做違法的事情。等你們突破到三層時，我會正式引領你們進入我們的門派及參與維護修行界的事務。」

他們三人齊聲說：「是！我們一定不會辜負您的教誨。」

顧君說：「好吧，今天就到這裡，大家回去吧。」

第一百一十六章 ❖ 成績

第二天，顧君回到學校，心裡充滿著期待，因為今天要分發考試成績了，而且首先分發的科目是英文，也是他心裡面最忐忑的一科。英文科周老師走進教室，手裡拿著一疊考卷，各同學同時間站起來向老師問候。

周老師說道：「今天我會分發給大家考卷，也會講解考卷答案。被我叫到名字的同學，請自己過來拿回考卷。

薛海建神色自若，淡然自得，從容自若地接過周老師手中兩份試卷。

顧君卷一的作文得七十六分，第二卷內含文法、造句等題目，得八十二分，平均分為七十九分。顧君心思道：「此校試卷艱深，同學競爭激烈，我要更加努力學習！」

周老師分發完所有試卷後跟大家說：「整體來說，這一次大家考得還不錯，我們班的平均成績在七十二分，最高分的有八十六分……

顧君心裡想著：和第一名還是有一段不小距離。嗯！我有了一個奮鬥的目標，超越第一名的同學！

當然，顧君心裡還是感到高興，平均分在七十二分。他得到七十九分也算是很不錯。

周老師接著又說：「在我們班上，有四個同學考到了八十分以上……其中有一個是新轉學的同學。薛海建拿到了八十三分，是班裡的第二名，我鼓勵大家要向他學習。」

薛海建微笑著向同學們表示感謝。同學們鼓掌歡呼，這是多令人驕傲的事情啊！

顧君發現自身英文試卷有多處低級錯誤，否則本當獲得八十分以上。

同一天，顧君還收到其他科目的試卷，薛海建在數學一科竟高達九十六分，顧君亦取到九十四分。在數學科中，薛海建排名第一，顧君排名第二，但他們兩個人的成績都超過了九十分。同學們對這兩位新來的同學心存敬畏之心。此外，顧君還獲得了八十八分的語文成績，排名第一。

當晚，顧君回到家裡的時候告訴了父母，父母親再次喜極而泣！兒子能夠在港島東區有名的學校，有三個科目竟然是全班排名前三，理科均分全班排名第二。

妹妹羨慕地看著自己的哥哥說：「哥哥真厲害，我有你一半聰明就好了！」

母親摸了摸小妹的頭說：「你也可以！只要你努力，鐵杵磨成針，而且你的天分比哥哥還要好。」

妹妹說：「是的，哥哥，我一定會努力！我以你為榜樣！」

顧君總成績在全班中排名第四。他告知父母：「如能在此等學校中名列前三十，則升讀港島大學之機會極高。」顧君亦獲得語文科獎學金，得到價值二百元書券，激勵其讀書之志氣！

當父親所屬公司之人得悉顧君在校成績後，個個恭賀，父親更邀請幾位較為相熟的同事共進晚餐。那個老闆對顧君的父親說：「這只是一次的好成績，你要長期能保持才有用啊！而且現在年級越來越高，競爭越來越大。」

顧君的父親聽到這句話的時候，以禮貌的方式回應：「謝謝你的提醒，小君很懂事。」

事實上，顧君的成績足以升讀高中的理科精英班。當時港島各學校普遍根據以往成績為依歸，決定學生能否進入他們的目標課程。例如：顧君所在學校提供兩班文科班和兩班理科班，每班四十人。依據該校紀錄，只有排名前四十者得以升讀理科精英班，故此為一場激烈之競賽。

顧君深知必須更加努力，為日後高年級課程打下堅固的基礎。他永遠也不會忘記母親賦予他的精神支持，這使得他這次以順利渡過難關。

第一百一十七章 ❖ 未來之路

經過了一系列的考試以及成績公佈，按捺取得優異成績的喜悅，顧君重回日常生活。

每天晚上，小和尚來到顧君識海，與他談論著佛法的大義，引導他修行各種法門。

小和尚常常對顧君說：「諸般變法源自如來『方便之法』，由觀世音菩薩所創，雖然篇幅短小，但修行愈深，可用之法愈多。」

每次修行，顧君皆有所領悟，逐漸提升自己的修行境界。小和尚也常常現身於顧君的夢境中，嚴肅地說道：「小君啊，我們時間不多了，你現在是菩薩六階，還需要領悟最高的三個階段才能達到菩薩九階，築基境亦需要突破至築基九層大圓滿。

我們僅餘三年的時間來提升修行境界。三年後，世界將會經歷翻天覆地的改變，眾生紛亂不堪。唯有突破菩薩道九階，方能平定眾生界的動亂。」

顧君答道：「我明白，我會努力修行。」

小和又再次提醒道：「我們當加倍努力，我佛如來已有安排，我盼望你能回到前世修行境地，只有如此我倆始能相輔相成。」

顧君說：「嗯，我知道。」

隨後，小和尚開始禪述一段又一段深奧的佛理，而顧君在夢中領悟佛法真諦。

次日清晨，顧君手持中品靈石，運行小周天，持續修習《洗髓經》。小和尚告訴他，《洗髓經》能輕鬆修煉真氣內力，且不斷擴展經脈。事實上，顧君深知必須加快提升功力，迅速突破境界。三年之限實在匆忙。一想到這一點，顧君愈加專心致志於修行之中。

第一百一十八章 ❖ 真陰派背景

大考結束後的週日清晨，顧君一家前往離島觀音寺，準備聆聽長老們講授佛經。小妹依舊留在小庵堂做功課。由於小妹還年幼，對於佛經等深奧理論尚未產生濃厚興趣；顧君父母對顧君修行之事亦早就得知，並持開放態度去讓他自由選擇自己的未來道路。

濟生將顧君迎至虛竹的小房間，三位長老亦已在內等候。大家互相問候之後，相對盤腿而坐。

虛竹神情凝重地對顧君說道：「師祖，經過我們數週的潛伏調查，以及華國修行管理局的援助，我們已掌握一些關於真陰派的情報，現在向您彙報。真陰派實際上是一個有近百年歷史的門派。清朝滅亡後，一些修行者離開了華國來到港島，在這裡建立了這個門派。然而，由於資源有限，他們與當地人合作，提議以保護交換玉石資源，逐漸形成了這股邪惡而且唯利是圖的修行勢力。

「他們的修行水準一代不如一代，所以他們迫切需要掠奪資源來提升自身實力。我們修行界的人本不該參與世俗權力之爭，但亂世將至，看來我們必須挺身而出。」

顧君接著問道：「那麼我們現在知道他們的藏身之處嗎？」

「他們沒有固定據點。根據現有線報，他們應該隱匿於龍島的一個小山頭中，約有三四十名修行者從事秘密修煉和其他非法活動。其中約十幾人處於築基四層修行或以下，還有十幾人屬於四層以上。他們的門主和幾位長老則達到築基六層修行以上，我們仍在調查以確定真實數量，但看來實力不菲，不可輕敵。」

虛竹繼續說道：「華國修行管理局提出一個方案，若我們需要他們協助，他們將派遣修行者前來支援，但他們希望這次行動由我們主導。」

顧君沉默片刻後續問道：「我佛慈悲，這些邪惡修行者必須受到懲治，不能讓他們繼續危害蒼生。然而……他們人數眾多，我方力量未必足夠……」

虛竹接著說：「單靠我們四位和濟生，再加上您以及十幾位修行弟子，去對抗他們……恐怕……」

顧君說道：「我們應該以頂尖力量對抗他們的頂尖力量……但我擔心我們的弟子……如果不能把他們全數擒獲，若有一兩人逃脫，將對我們的未來帶來不利。我們必須有一個周全的計劃！」

虛竹接著說道：「師祖，您說得太對了……」

顧君說道：「我們願意接受這個任務，但希望修行管理局能組織一些修行者，最好派遣兩三位五層以上的高手……屆時我們可以與他們對峙，並派出我們的弟子將他們包圍。我們還需要警方的協助，封鎖整個小山頭。我們必須與他們提前溝通好，作出無懈可擊的部署。」

虛竹同意地點頭，接著說道：「我會與華國修行管理局商討細節，再確定行動時間和策略。」

顧君說道：「好，你們去籌劃吧，我要到天龍八部陣修煉，我感覺即將突破，時間非常緊迫！」

第一百一十九章 ❖ 築基六層

顧君盤坐在天龍八部陣之中，同時手中緊握著靈石，準備突破築基六層，為日後的戰鬥作好準備，他漸漸進入玄奧莫測的境地。

他運轉著真氣內力，在奇經八脈運行起來。同時，天龍八部陣源源不絕地將靈氣輸送進他的奇經八脈，並巧妙地運用《洗髓經》轉換成真氣內力，在小周天不斷運行下，大量的真氣內力回流到丹田，使他的丹田有如籃球般膨脹。突然，小和尚的聲意在顧君的識海中響起，他告訴顧君：「小君，你嘗試施展你的『千變萬化』，同時運行《洗髓經》。此過程必定艱難，但你切勿放棄！」

顧君不斷吸收靈氣，同時識海中施展著千變萬化。他結印念咒，靈氣瘋狂地湧進他的身體裡。原來，小和尚想教他一心二用的法門，這種修煉法門可以讓他在修煉真氣內力的同時，修煉法術法門，可以令他加快修煉進度。修煉「千變萬化」需要真氣內力及內在靈氣的運用，只有極度專注方可達成。

天龍八部陣的靈氣瘋狂湧進顧君體內，他同時運行千變萬化，大約經過三十六個小周天的循環運轉，他感覺到突破時刻隨時來臨，更加瘋狂地加快運轉小周天，使得奇經八脈充沛著真氣內力。

顧君感受到自己的真氣內力像野馬一樣脫韁，狂奔不馴，奇經八脈散發出耀眼的光芒，急速回流而儲存在他擴大不知多少倍的丹田內。他明顯感覺到自己的氣息變得異常強大。他停下千變萬化的修煉，冷靜地鞏固剛剛突破的築基六層。從這一刻起，顧君終於達到了更高層次的境界，與邪惡修行者的一決高下更多了幾分把握。

快到中午時分，顧君的氣息終於穩定下來，境界停留在築基六層。他知道自己即將開始領悟菩薩道七階。

顧君打開了門，濟生馬上站了起來，向他鞠躬道：「太師祖，您修煉好了嗎？我剛才感受到房間裡的靈氣波動非常強烈。」

顧君回答：「是的。」

濟生問道：「您突破了嗎？」

顧君微笑著說：「是的，我剛突破到築基六層。」

濟生高興地說：「阿彌陀佛，我佛慈悲！恭喜太師祖！」

顧君接著說：「突破只是時間問題。我要儘快穩定下來！」

顧君展開輕功，一躍而起，停在六十米高的空中，仍然能夠懸浮在那裡，欣賞四周的景色。

落下地來，顧君拍拍濟生的肩膀，說：「你可以召集眾人，看看他們有沒有探聽到什麼新消息。」

濟生答應說：「是。」

顧君施展瞬間轉移，一瞬間就能到達六十米之遠，讓在場的人驚嘆不已！

顧君還展示了千變萬化，他發現自己不僅能改變外貌、性別，甚至可以變成可愛的小動物，就像孫悟空的七十二變。隨著境界提升和熟練程度的增加，他還能變化出更複雜的形象。

第一百二十章 ❖ 戰前部署

顧君靜坐在小院中，等待諸位長老的到來。不到五分鐘，住持及三位長老進入院子，向他鞠躬後盤腿坐下。

顧君問道：「你們調查的情況如何？」

眾長老立刻合掌回答：「師祖，我們已獲得真陰派的詳細情報，這有助於我們制定抓捕他們的戰略！一切都是佛陀的安排！」

顧君回答說：「確實，一切都是佛陀的安排！」

虛竹接著說：「修行管理局也聯絡了我們，提供了一份詳細的修行者名單，上面詳細記載了所有修行者的情況。簡而言之，他們原本有七位長老和一位門主，我們之前已經抓了兩位，所以現在只剩下五位長老。他們的門主在築基六層，其中三位長老在五層圓滿，另外還有兩位在五層，此外還有十多位在四層和三層的弟子……他們的實力分佈大致如此。」

顧君思考了一下，說：「我一個人應付兩三位應該沒問題。修行管理局是否計劃派遣其他弟子來協助我們？」

虛竹回答說：「是的，他們安排了大約十位修行者協助我方，與我們一起對抗敵人。」

顧君說：「很好！這樣我們就能佔據優勢，最大程度地減少傷亡，同時防止對方逃脫。」

虛竹接著說：「師祖，您說得對！」

顧君問道：「如果他們不同時間、不同地點出現，我們的圍剿計劃就沒有意義了。」

虛竹回答說：「是的，我們已經和修行管理局商討過這一點。他們得知下週是真陰派的週年紀念日，所有人都會參加門派的祭祖儀式。」

顧君說：「太好了！那將是最好的時機，我們要運用孫子兵法的『攻其不備，出其不意』策略。下週我們詳細商討對戰計劃。」

眾長老齊聲應道：「遵命！我們一定會成功完成這個任務！」

第一百二十一章 ❖ 圍剿

顧君仔細思考了雙方實力的差距，對這次圍剿行動充滿信心。然而，他最擔心的反而是有一兩個修行者可能會逃脫，繼續傷害世俗人。此外，他也在思考如何最大程度地減少傷亡。

過去的一週裡，他終於向眾長老提出了戰略：「理論上，他們應該都會在祭祖日聚集，而且他們擁有尖端的戰鬥力，所以我們必須要盯緊，不能讓他們走漏，否則會危害眾生。

我們應該分頭行動：虛竹和其他三位長老，以及濟生和兩位管理局的領導，總共七人，對應對方的六個長老及門主。虛竹，你負責掌控全域，先擊敗最弱的對手，形成包圍，擴大優勢，遂一擊敗其他人！

另外，我會帶領四層以下的弟子。我速度快，能夠瞬間轉移，所以我相信我們能夠迅速形成包圍，擊敗四層以下的修行者，並立即交給山下的警員。之後我們將成為第二層防線，以防止你們戰鬥時，對方的長老有機會逃離現場。你們對這個安排有何看法？」

大家開始討論，虛竹說：「管理局的人確實具有戰鬥經驗，並且在戰術上很有經驗。」其他人也提出了各種不同意見，對顧君的方案進行修改，最終確定了方案。商討結束後，大家立即準備即將到來的戰鬥，而顧君也持續修煉。

又過了一週，顧君獨自前往離島觀音寺，與眾長老決定在當晚八點行動。

顧君行動前在小院子裡修煉打坐，調整自己的真氣內力到最佳狀態。與此同時，虛竹和修行管理局的人也制定了最後應對方案，細化每個細節，確保萬無一失。

大約下午五點，虛竹告訴顧君說：「師祖，我們要出發了，其他人已經開始埋伏了。」

顧君回答說：「好，我們走吧。」

顧君到達山頭後，修行管理局的人向他彙報了所有部署的情況。一部分弟子已在指定範圍埋伏，監視對方每個人的動向。

修行管理局的胡主任對顧君說：「顧主任，最好沒有意外情況，我們最擔心的是對方是否有隱藏勢力。他們只邀請自己門派的人參加祭祖日。」

顧君回答說：「那就好！出發的時候告訴我。我先休息一下，我需要把自己調整到最佳狀態。」

顧君進入小房間，盤腿坐下，開始運行小周天。他知道即將面對一場激戰，必須保持最佳狀態才能完成任務。虛竹、虛木和三位長老，以及修行管理局的兩位主任，埋伏在小道觀周圍。時間越來越接近八點，突然響起三聲銅鑼聲，祭祀儀式正式開始。

顧君立刻帶領二十多位四層以下的弟子向前衝，將整個道觀圍住。顧君指派一位四層的弟子暫時帶領隊伍，對李曉說：「我進去看看，你確保他們不能逃走！」

顧君閃身瞬移進入小道觀，看到虛木和濟生正在與一位修行到築基五層的長老對峙。同時虛竹與對方另一人正進行對話，對方修行已達築基六層接近大圓滿，功力非常高強，是一個難以對付的對手。虛竹只能採取防守策略，不斷拖延對方的進攻。不到十幾秒鐘，虛木和濟生的猛烈進攻終於擊敗了那位築基五層的敵方長老。

接著，虛木和濟生立即加入虛竹的陣營，對付大長老。另一邊其他人也抓住了對方的二長老，馬上轉向攻擊另一位修行到五層的長老，使對方無暇顧及，為顧君的一方帶來了優勢。

顧君施展瞬間轉移，來到外圍戰場，李曉和其他弟子包圍著對方的四層以下弟子。顧君躍空而起，靈活攻擊兩個邪惡修行者，利用輕功迅速擊敗所有敵方弟子。李曉將他們交給警員，警員立即將他們戴上手銬。

顧君帶著十個弟子闖入道觀的禮堂，發現對方的三個邪惡修行者已被顧君的人包圍住，最後他們被擊敗並昏迷不醒。

胡主任大聲喊道：「你們真陰派害了太多人！你們不應該去幫助黑幫，傷害無辜的百姓！修行界的人本來就不應該捲入凡俗的情仇……我們知道你是誰，你就是真陰派的門主陳一海！你逃離華國來到港島，我們一直留意著你……你現在破壞了規矩，逃不出我們的包圍的！」

一位修行到築基六層的邪惡修行者回應道：「門主……你先走，我來拖住他們，你快走！」

胡主任說：「你逃不掉的！」

陳一海哈哈大笑，說：「就憑你們想阻止我，可能嗎？」儘管他臉色蒼白，但固執地拒絕放棄。顧君本打算親自出手抓住他，但突然陳一海從道袍中取出一張符咒，口中念念有詞，他一掌拍開了虛竹和其他長老的攻擊。符咒在他身上發生奇異的變化，他突然化為一絲輕煙，消失在眾人眼前。

顧君立刻施展瞬間轉移，同時釋放他的神識，追蹤陳一海的去向。神識飛速追趕，但對方更為迅捷，顧君的神識根本無法捕捉到他的蹤跡。

接著警員總局派遣一支警員隊伍上場，修行管理局也派遣三位修行者監視小道觀。雖然他們希望護送顧君回家，但顧君認為未能逮捕門主是一件嚴重的失誤，讓他感到有些自責。

回到觀音堂，修行管理局的胡主任、虛竹、虛木、濟生和三位長老圍在小院子裡。胡主任說：「我們還是太輕視了，但萬萬沒想到他還有這種能憑空消失的符咒……」

顧君道歉道：「是啊，我們以為已經做到了萬無一失，但仍然失策了……」

胡主任續道：「是的，不過至少我們抓住了他們大部分人，基本上摧毀了這個邪惡修行者的根據地。我們必須繼續留意陳一海的動向。顧主任，如果你們需要幫助，就讓虛竹聯絡我們！」

顧君說：「好的，謝謝你，胡主任。」

第一百二十二章 ❈ 分享信仰

第二天，顧君照常修煉完畢後上學，他在學校裡遇到了薛海建。薛海建對顧君說：「你知道嗎？同學們稱我們為『插班雙俠』，因為我們的成績一開始就名列前茅！」對於這種稱號，顧君並不太在意。

顧君和薛海建一起在學校的食堂吃午飯，顧君問薛海建：「你怎麼這麼厲害？能考得那麼好。」

薛海建回答：「你也很出色，等你的英文再進步一些，你就會超越我了。」

顧君說：「哪有那麼容易啊……隨遇而安吧！」

薛海建問道：「你有宗教信仰嗎？」

顧君回答：「我和我媽媽一樣信佛。」

薛海建接著說：「信佛！？你那麼迷信……你竟然相信這個？」

顧君解釋道：「信佛和迷信是不同的……信佛是一種信仰，燒香拜佛並不是我唯一做的。信佛是為了引導人們向善；而迷信則是一些平民百姓去寺廟拜佛燒香，但他們並不理解佛陀真義，他們無事不登三寶殿，平時也不會主動瞭解佛的教義。」

薛海建想了想說：「我不太理解……」

顧君續說：「那你呢？你有信仰嗎？」

薛海建點頭說：「我是基督教徒，我每週都會和教會的弟兄姐妹們唱聖詩，還有聽牧師講解聖經。他教導我們許多做人的道理，還有如何得永生上天堂。」

顧君說：「其實都是信仰的一種，差不多啦……」

薛海建堅定地說：「不，基督是這個世界唯一真神，只要相信他，就能得到永生。你可以和我一起去教會，一起聽聖經故事，我也希望你能信耶穌基督。」顧君心裡想，他並不排斥去瞭解其他宗教，雖然他已經有自己的信仰，但或許去瞭解其他宗教，能使他對佛教的理解更深入。

顧君點頭說：「好啊，找個時間吧！」此時，顧君才知道薛海建信奉基督教，這使他能夠平靜地面對生活中的挑戰。其實，他也算是一個修行者，只是信仰不同罷了。

對顧君來說，每個人都有權堅守自己的信仰。只要信仰能夠引導人向善，我們都應該尊重每個人選擇自己信仰的權利，不應該因為意識形態而產生衝突。顧君深刻明白到，宗教大同能為社會帶來和諧的氛圍。為什麼我們的世界經常因宗教問題而發生衝突，使許多無辜的人捲入血腥的戰爭呢？顧君對於宗教衝突感到無能為力，但他真誠地希望不同宗教能相互尊重、互相幫助。

第一百二十三章 ✥ 基督教

顧君答應了薛海建的邀請，一同參加教會的聚會。薛海建告訴教會的導師關於顧君的情況，說：「今天有個新同學來了，他對基督教完全不瞭解，能為他解釋一下基督教的信仰嗎？」

導師非常熱情，她是個大約十八歲的年輕女孩，正在大學一年級就讀，同時也是教會小組的組長。

兩人來到教會後，導師李小姐帶著薛海建和顧君走進了一個小房間，主動和顧君展開了對話：「我聽說你們這次考試成績很好，恭喜啊！我也聽說你們倆都是插班生。」

顧君輕輕摸了摸頭說：「還好吧，謝謝家人支持我讀書。」

李小姐接著說：「你的家人真好，給了你們難得的學習機會！」

薛海建在旁點頭說：「是啊，既然家人支持我們學習，我們就有很大的動力。」

李小姐繼續說：「我聽說你是佛教徒……」

顧君點頭說：「對啊，我家人都信佛，可以說是我們的傳統吧！」

李小姐接著說：「沒關係，你願意來教會聽聽我們基督教的教義，這是個好開始。你可以慢慢瞭解。」

顧君說：「是啊，我也想瞭解基督教的教義。」

李小姐說：「那我先給你講講基督教的背景及一些基本教義內容吧。」

顧君說：「好的，謝謝。」

李小姐繼續說：「基督教是世界上最廣泛的宗教之一，我們信奉耶穌基督是唯一真神。我們相信耶穌基督是上帝的兒子，通過他的死亡、復活，以及人們對主的信仰，可以得到永恆的救贖。作為基督徒，我們會學習耶穌基督的生平，閱讀《聖經》，其中包括了上帝創造世界的記載。我們也相信上帝的話語，努力實踐上帝的旨意，同時，我們基督徒會積極傳教。這些你都明白嗎？」

顧君點頭說：「我基本明白，尤其是愛、仁慈、寬恕和傳福音這四個重點，與佛教非常相似，佛教也強調應該以慈悲之心幫助眾生。基督教和佛教很相似。」

李小姐說：「你說得沒錯，但我們不信奉佛教，我們只相信耶穌基督，相信他賜予我們聖靈的力量，引導我們的生活，同時將這信仰傳遞給其他人。我們的教會是信徒聚集的地方，也是社會服務和慈善事業的重要場所。我們組織各種資源幫助不同的弟兄姐妹。通過聚會、唱詩歌、聆聽講道、交流和聖餐，表達對基督的感恩和愛。」

顧君接著說：「原來如此，為什麼到處都有很多不同名義的教會呢？我有時聽到天主教、聖公會之類的，有什麼區別呢？」

李小姐回答：「問得好！基督教在世界各地有不同的教派。由於歷史和文化的發展，產生了不同的教派。不同的教派對聖經的理解和傳統有所不同，這也導致了眾多的教派。但我們都一致認為耶穌基督是救世主。」

顧君繼續說：「我明白了，基督教在不同的文化歷史中產生不同的表達方式。」

李小姐說：「你這麼理解沒錯，總結起來，基督教可以從以下五個方面來看：第一，基督教的信仰核心是上帝，我們認為上帝是宇宙的創造者和永恆的神。我們相信上帝是三位一體的；第二，耶穌基督也是基督教信仰的核心，我們相信耶穌基督是上帝的兒子，他在地上出生、成長、傳教，最終為人類的罪惡而被釘在十字架上，死後復活，為了人類而甘願犧牲自己；第三，我們的信仰源自《聖經》，《聖經》是上帝賜予我們的啟示，是我們信仰和實踐的基礎；第四，我們相信得到救贖是上帝的恩典。人類犯錯是無可避免的，但上帝的恩典讓我們得到救贖，擺脫苦難；第五，每個信徒相信永生不僅僅是生命的延續，而是與上帝同在。你明白了嗎？」

顧君說：「我明白！」

李小姐說：「歡迎你常來，希望有一天你和我們一起相信主耶穌，得到永生。」

顧君說：「謝謝你的邀請。」他轉身離開了教會。

第一百二十四章 菩薩道七階

顧君在夢中進入了一個朦朧的境界，小和尚出現了。他向小和尚提起了薛海建的宗教信仰。

小和尚笑了笑，說：「其實宗教信仰的名字並不重要，重要的是你能從信仰中獲得什麼啟示和理解。佛教並不排斥其他信仰，它只是其中的一條道路而已，大道三千，異路同途。」

顧君回答道：「是啊，儘管他們的方式不同，但本質上是相同的。」

小和尚繼續說：「對，所以你不必困擾於信仰的對錯。小君，你已經突破築基六層，應該要更進一步。我們通過菩薩道的六個階段，從『眾生皆苦』的理解開始，你知道第七階是什麼嗎？」

顧君接著說：「我好像理解到它與眾生的開悟有關，好像需要在思想上有一定的提升。」

小和尚說：「小君，你的方向是正確的。我們稱之為『智慧』，智慧是超越一般智識的深度洞察力。佛教指出，智慧是對世界本質的認知和理解，只有人們領悟了佛的智慧，才能真正瞭解自己，擺脫苦難，達到真正的幸福。智慧或開悟是非常重要的，它是修行的重要因素之一。

「在佛教中，智慧有不同的層次，包括初禪境智、觀察智、究竟智、智慧力量和智識。這些層次共同構成了佛教智慧的完整體系。『初禪境智』通過冥想和覺知練習，使心靈進入安靜的境地，啟發初步的智慧和洞察力；『觀察智』通過對萬物的觀察和分析，獲得更深層次的智慧和洞察力；『究竟智』是最高層次的智慧，通過深度的靜坐冥想和覺悟，獲得最高層次的智慧和洞察力；『智慧力量』是通過智慧的應用獲取力量，解決問題和煩惱；『智識』則是通過正確的認知，使思想和行為更加明智。

「在佛教中，智慧是修行和解脫的重要元素之一。通過正確的修行方法與智者交流，人們可以培養和提升自己的智慧，實現修行的目標。靜坐冥想、覺知練習、學習佛教經典以及與智者交流等都是培養智慧的有效方法。

「靜坐冥想是一種通過控制呼吸，進入安靜境地，使思想更加集中和清晰，啟發智慧和洞察力的方法。覺知練習則是通過專注於當下的身體感覺和心理活動，培養覺知和觀照能力的方法。學習佛教可以幫助人深入瞭解佛教的內涵，進而啟發更深層次的智慧。與智者交流則可以從他們身上學習智慧的應用和體驗，啟發自己的智慧。

「總之，佛教中的『智慧』是一種超越常識的深邃智慧，通過對自我和世界的認知和體悟而獲得。智慧能幫助人們瞭解真實的自我和世界，擺脫煩惱和苦難，達到真正的自由和幸福。」

顧君接著說：「我一直在練習禪修來平靜心靈，你剛才的話說得很有道理。」

小和尚續說：「是的，所以今天我要好好向你解釋。當然，在修行『智慧』的過程中，我們可以利用智慧解決生活中的困難，實現內心的豐盛與平靜，避免被迷惑。」

顧君問道：「當我們修行到一定程度後，就要懂得去理解世界萬物和眾生的煩惱根源，從而擺脫苦難，是這個意思吧？」

小和尚答道：「確實如此，所以你要儘快開展你的智慧，並影響身邊的人也獲得智慧。只有他們覺悟了，才能領悟更深奧的佛法真諦，不斷改變自己，早日脫離苦難。」

小和尚一字一句地向顧君傳授佛學，令顧君不斷接近菩薩道七階的突破！

第一百二十五章 突破菩薩道七階

昨晚，小和尚向顧君傳授了菩薩道七階的真理，讓顧君充滿期待地迎接新的一天。清晨時分，路上行人寥寥無幾，這讓他能夠專心地前往馬寶山小寺廟繼續修行。

他靜靜地站在寺廟前，虔誠地向觀音菩薩拜了三拜，心懷著謙卑和感恩的心情說：「阿彌陀佛，救苦救難觀世音菩薩！」

之後，他坐在靈石上，繼續領悟小和尚所教授的佛學真理，開拓自己的智慧，深入理解眾生的苦難。

在修行的過程中，他明白自己需要用「方便法」開拓眾生的智慧，用智慧的光芒照亮他們的心靈，幫助他們理解佛法並引導他們修行。他瞭解自己肩負著修行者的責任，要積極地以自己的生命影響他人，以佛學教義為核心，向世界散播正面的力量，讓眾生早日脫離苦海。

這個過程有點像他帶父母去離島觀音堂修行的經歷，希望透過佛的力量開拓父母的智慧，積極地以生命影響生命，以佛學為核心向世界散播正能量，幫助眾生早日脫離苦海。

突然，識海中浮現起小和尚的聲音，他說：「你現在突破了！」這句話充滿鼓舞和驚喜。

顧君感覺身體散發出明亮的光芒，比以往突破時更加耀眼。同時，他的手掌感到一股溫暖的能量，這是他熟悉的修行突破的徵兆。他集中精神，將身心融入修行中，熟悉著自己的新境界。

在這個細膩的感受中，即使身旁的小鳥在樹上吱吱喳喳地叫個不停，顧君也彷若無聽進入了忘我的境地。他的心境變得異常平靜，專注於突破自己的修行。他知道，此刻他正在領悟菩薩道七階的「智」的真諦，這是他長久以來渴望的領悟。

顧君感覺自己的思緒變得清晰明澈，超越了對世間事物的表面理解，窺見了更深層次的真相。他領悟到「智」不僅僅是知識和學問，更是一種超越概念和境界的智慧，是對眾生苦難的深刻體悟和解脫之道。

這種智慧帶給他一種融入宇宙的感覺，他明白自己作為修行者有著獨特的使命和責任。他深深感受到菩薩觀世音的慈悲加持，知道自己肩負著幫助眾生的重大使命。

顧君站起身來，全身散發出明亮而溫暖的光芒。他感受到內心湧現出滿滿的智慧、慈悲、愛和關懷。他決心將這份智慧和慈悲帶給他人，用光明與正能量影響世界。

此時，程曉東和陳晞從遠處走來，目睹了顧君修行的過程和他突破的景象。他們感受到顧君身上散發出的光芒和能量，對顧君的成長和改變深感激動。

程曉東充滿敬佩地對顧君說道：「顧君，你的修行之旅真是令人羨慕。你的突破不僅是為自己，也將影響著我們和更多的人。」

陳晞亦感動地補充道：「你的智慧和慈悲能量將成為我們修行的指引，我們將一同努力，用心感悟佛法的智慧，尋求更深層次的境界。」

顧君感謝他們的支持和鼓勵，並表示自己仍然虛心學習，期望與他們共同成長。

顧君對他們說：「我昨晚有些領悟，所以今天一早就來小寺廟進行修煉，繼續突破自己的境界！你們一定要記住修行無歲月，你們必須要更加努力，你們現在都在菩薩道二階，也在築基二層了，所以你們一定要儘快突破二層。」

程曉東和陳晞連忙點頭說：「是，我們會努力。」

顧君說：「趁著現在還有點時間，我跟你們講講菩薩道三階吧。」

程曉東和陳晞馬上雙手合十，說：「謝謝您。」

顧君開始向他們循循善誘地講解菩薩道三階，直到學校響起上課的鐘聲，大家都立即說：「今天就到這裡吧！我們先上學！再見！」

第一百二十六章 日月如梭

兩個多月的時光匆匆而過，顧君每天都在學習和修行之間度過，並且不斷努力提升自己的學術水平。

快到盛夏的一個日子，班主任陳老師走進教室，對大家說：「同學們，現在已經快到五月底了，再過幾天就是今年的期末考試。這次的考試佔整年分數的一半，將決定你們的成績排名，同時也關乎你們下年度能否選擇心儀的主修科目。以往的大部分同學都選擇了理科作為主修。

「現在，我向你們介紹一下升到四年級後的分班情況：文科兩班、理科兩班，一班和二班是文科，三班和四班是理科。根據你們的選擇和成績排名，將會被分配到相應的文科或理科班級。

舉個例子，如果班級有一百個同學，其中一半選擇文科，另一半選擇理科。根據成績排名，將分配精英班的名額，這次期末考試將決定你們的分班結果。我們會對每位學生進行有針對性的教學，努力提升大家的自信心。這次的分班試對你們來說非常重要，所以要仔細考慮你們未來的路向，你們今天的選擇將直接影響你們的前途。

第二點是，我希望你們根據自己的興趣選擇，在這次的考試中充分發揮自己的能力。」

聽完陳老師的講解，同學們開始紛紛討論起分班試。大部分同學希望選擇理科。根據學校多年統計，超過百分之七十的同學都會選擇理科，只有百分之三十的同學會選擇文科。換句話說，大家都必須在年級前三四十名內，才能夠選擇自己喜歡的科目及較好的班別。

雖然分班試似乎還很遙遠，但陳老師的介紹讓整個教室彌漫著一絲緊張的氣氛。明天放學前，大家必須向班主任交回選科目的表格，大家回去也和家裡人商量商量。

放學後，顧君和薛海建及其他幾個熟悉的同學一起討論分班試。大部分同學都想選擇理科。在這個資本主義社會中，學校的排名競爭已經變得非常激烈，顧君對這種競爭制度感到不悅，但他明白這就是精英主義，甚至涉及階級觀念，一切都遵從「適者生存」的原則。優秀的學生可以得到學校的重點培養，資源傾斜這不正是資本主義競爭的體現嗎？

顧君只能遵從這個遊戲規則，決定回家和父母商量。父親問：「小君，你自己有什麼想法呢？你想選擇文科還是理科呢？看來你的理科成績比較好！」

顧君說：「是的，爸爸，我的理科成績比較好，但我也非常喜歡華國文學……」

父親說：「那你自己想選哪個科目呢？」

顧君回答道：「爸爸，其實我已經想好了，我想選擇理科，同時副修華國文學和地理科。華文本來就是必修科目，學校允許我們在主修科目之外再選兩個副修科目，我已經考慮過，這樣我可以在專注理科的同時，對華國文學和地理也有更深入的學習。」

父親說：「其實……我們也不太懂這些，給不了你建議，你自己想好就好。」

媽媽也慈詳地說：「小君啊……你不要有壓力，最重要的是選擇自己喜歡的科目，按照自己的心意做出明智的選擇。」

顧君接著說：「是啊，媽媽，沒錯呀，所以我想讀理科。我可以我文理雙修！」

爸媽異口同聲說：「是的，你不要委屈自己就行。」
顧君接著回答：「你們放心吧！我一定會盡我所能。」

第一百二十七章 ❈ 封天閉地大陣

顧君再次造訪離島觀音堂，濟生把他帶到虛竹的小院子。
虛竹說：「師祖，華國的修行管理局傳來消息，說發現了真陰派門主陳一海的行蹤。據報，他逃到龍島上一個黑幫的分堂裡，修行管理局想知道你有沒有特別的想法？要不然他們會準備逮捕那邪惡的修行者。」
顧君想了一下，說：「嗯，沒問題，但我們這次更要有周全計劃，不能讓他再逃走！」
虛竹立刻表示：「師祖說得對！但我們確實不知道該怎麼辦才能應付他的符咒……」
顧君開始思考，並在識海中與小和尚交流：「你覺得怎麼辦？你有辦法嗎？」
小和尚說：「我有辦法，當然有辦法！我們首先要封鎖周圍的空間，這樣他就無法使用符咒。你們六個人要一起封閉所有空間，包括天空、虛空和地底，讓他無處可逃。今晚你回家後，我會傳授給你一個特殊的陣法，『封天閉地大陣』，但需要六個築基五層以上的人一起施展。當你們開始追捕時，必須施展這個陣法，立刻封鎖周圍的空間，肯定能成功抓住陳一海。」

顧君退出識海，對所有長老說：「根據我所知，有一個陣法，封天閉地大陣，施展後可以封鎖附近的空間，但需要六個築基五層以上的人同時一起配合施展。」

虛竹驚訝地說：「師祖，我聽說過這個陣法，古書上也有記載，但已經失傳了……您會施展這個陣法嗎？」

顧君說：「嗯，我稍有瞭解，但還不熟悉。給我一個星期的時間，我會更深入地研究！下個星期日我會教給大家，並準備行動，暫時不要驚動對方！我們需要邀請修行管理局的另外一位人員一起施展這個陣法。我會親自出手抓捕陳一海。」

「是，師祖，我們會與修行管理局的人溝通。」

當晚，當顧君進入睡夢中時，小和尚對他說：「今晚我來傳授你『封天閉地大陣』。」

顧君說：「好，這非常重要！」

小和尚繼續說：「『封天閉地大陣』是一個非常強大的陣法，需要由六個不同的修行者封鎖整個天地空間，使外界無法進入，陣內的人也無法離開，是一種極其強大的封印法。這需要耗費大量的人力和時間，而且在陣法啟動時會釋放出龐大的能量，一般人無法抵擋！

在這封印中，時空也完全扭曲，將人困在永久靜止的狀態中，因此你們只有一次機會抓住困在陣裡的修行者。

佛祖當年用這個陣法來封印各種強大的妖魔、鬼怪、魔王等等。你必須明白，這個陣法不能傳授給普通修行者，也不能傳授給凡人，否則將面臨巨大的風險，明白嗎？」

顧君點了點頭，說：「明白的。」

隨後，小和尚逐字逐句地傳授咒語給顧君，六個修行者排列陣法，站在六個不同的方位，念著不同的咒語及打著不同的手印。顧君逐漸領悟，並向小和尚請教各種細節，因為顧君必須熟悉這個陣法。他清楚這將消耗大量的靈力，同時他必須選擇合適的地形，佈置陣法，並將咒語間的靈力連接起來，以發揮最大的能量。

同時，所有修行者必須使用各自不同的手印和咒語，並不斷磨煉彼此之間的默契，施法時必須集中注意力，控制靈力的流動，才能成功啟動陣法。一旦陣法啟動，巨大的能量將會湧現。當顧君對此陣法有更深入的理解後，他立刻將其傳授給其他長老，為即將到來的追捕行動做準備。

第一百二十八章 ❖ 陳一海

顧君全力以赴地領悟「封天閉地大陣」，希望能儘快將這個陣法傳授給所有的長老，以便早日逮捕邪惡的修行者陳一海。

在一個陽光明媚的週日，顧君全心全意地將「封天閉地大陣」的陣法傳授給虛竹與濟生，三位長老和修行管理局派來的胡主任。他發現他們對陣法的理解力稍微遜色，所以他一遍又一遍地解釋「封天閉地大陣」的真諦，以及所需要的咒語和手印等。出乎意料的是，濟生是第一個突破領悟的人。這一切要歸功於顧君，讓濟生大幅提升對佛法的領悟力。

顧君對大家說：「大家慢慢領悟吧，欲速則不達！我這兩週還要回校參加考試，所以你們有充足的時間去領悟和突破目前的境界……我們約定三週後行動！到時我們一起抓捕陳一海！我們這一次一定要徹底摧毀這個邪惡的修行組織。」

虛竹和其他長老齊聲回答：「是，師祖。我們會花更多時間去領悟這個陣法，我們會確保完全瞭解它的運作，請您放心！」

顧君繼續說：「你們不要感到壓力，慢慢來。胡主任，請你派人二十四小時監視陳一海的一舉一動。如果他有任何特殊行動，立刻向我彙報！」

胡主任答道：「請您放心，我會動用全部官方力量跟蹤他的一舉一動！」

顧君說：「好，就這樣吧，你們慢慢領悟吧！我這一兩週要專心應付考試。除非遇到非常緊急的情況，否則我不會干涉修行界的事務。」

顧君知道他已經花一個星期的時間去領悟大陣，所以下一步必須專心應付考試，否則他會與精英班擦肩而過。他回到家中，專心溫習，確保在即將到來的考試中能順利完成。

其實，考試就像是在眾生界中的修行，考試和修煉有著相似之處。只要我們完全理解考試的邏輯，我們就能夠順利通過。那麼，顧君能否成功通過即將到來的分班試呢？

第一百二十九章 ❀ 分班試

過完一週後的週日，顧君完成溫習後，再一次踏進了離島觀音寺。

顧君讓虛竹和其他長老在他面前演習「封天閉地大陣」。雖然他們的演習還有許多不足之處，但他們已經取得了相當大的進展，效果達到了八成以上。虛竹和長老們相互配合，以巧妙的動作和精確的法力，展示了大陣的潛力。他們真正意識到，這個強大的「封天閉地大陣」對於追捕邪惡的修行者將起到關鍵作用。顧君估計陳一海這次絕對無法依靠築基六層的修為和遁土符逃避這次的追捕。

顧君對大家說：「很好，非常出色！但是還有一些進步的空間。我們一定要追捕陳一海，將這個邪惡的組織徹底消滅，以免後患。」

對於顧君給予的高度評價和讚揚，虛竹和長老們展現出極大的信心，立刻回應道：「謝謝師祖傳授這無上神通！我們會全力以赴！」

顧君接著說：「時間上的安排，最好能安排在週末，我週一到週五都要上學。」

胡主任說：「知道！我們會盡力安排，也非常感謝您的協助。」

顧君每天都要兼顧修行和學習，這成為他人生中至關重要的考驗和挑戰。即使感到身心疲累，仍以永不放棄的精神迎接所有困難。

緊張和堅持似乎成為顧君的主要情緒，終於迎來了至關重要的期末考試。雖然他還要面對兩年後的全港公開會考，但這次的分班試讓他格外重視，因為它將直接影響未來兩年的學習環境和發展方向。

經過長時間的準備，顧君充滿信心地走進考場。他充分發揮所有的知識和技能，全神貫注地完成每份考卷，每一道題目都展現出他在學科知識、解題能力和邏輯思維方面的優秀表現。

考試結束後，顧君感到如釋重負，並將一切交給佛來安排，靜心等待分班結果的公佈。在等待的日子裡，他繼續修行，提高修為，以順利捉拿陳一海為目標。

他與虛竹和其他長老一起學習武學和靈修，每天都進行密集的封天閉地大陣演習，不斷提升修為和戰鬥力，確保能夠追捕那些邪惡的修行者，將這個邪惡的組織徹底根除，以免留下後患。

第一百三十章 ❈ 雙喜臨門

終於到了分發考卷的時候了！顧君期待已久！

顧君的英文成績終於突破八十分大關，其他科目也有不同的進步。他非常期待的分班結果也出來了。他最終考到全班第四名，成功進入理科精英班。這讓他感到非常開心和輕鬆。這個班級以學業優秀、潛力大和合作團結聞名。他的同學都是優秀的學生，彼此之間有著良好的競爭和合作氛圍。

顧君下定決心在這個班級更加努力，追求更高的學業成就和個人成長。他計劃積極參與班級的討論和活動，主動尋求同學和老師的幫助和指導。

他告訴父母這個好消息時，他們再次高興地流淚，認為他們當初為了讓顧君能夠在港島學習所做的犧牲都是值得的。他們經歷了很多歧視、困難和痛苦，但現在他們看到了顧君學習上的進步，覺得一切都是值得的。顧君的毅力也影響到了妹妹，她也下定決心要努力學習，將來成為對社會有貢獻的人才。

即使顧君在學業上有了重大突破，他並沒有放慢對修行的追求。即使他感到非常疲累，他還是和盧竹、三大長老、濟生和胡主任在深夜前往黑幫的據點，展開危險的追捕行動。他們利用精心練習的「封天閉地大陣」，將陳一海困住，讓他無路可逃，陷入恐慌和絕望之中。

顧君毫不猶豫地發動攻擊，施展出瞬間轉移的技能。他迅速移動，一掌將陳一海擊倒在地，讓他嘔出精血。這一擊不僅讓陳一海受到重創，同時還封鎖了他的修行功力，使他無法再使用邪惡的力量。

之後，修行管理局的人對陳一海進行了詳細調查，確定了他的罪行和邪惡修行的證據。根據相關規定，陳一海的修行功力被永久廢除，成為一個普通人，同時也接受了法律的制裁。顧君和其他人成功擊敗了陳一海，展示了正義的力量能夠戰勝邪惡。這次行動不僅保護了社會的安全，也對其他邪惡修行者發出了嚴厲的警告。

通過這次行動，顧君深刻體會到正義的力量，能給社會帶來一絲光明。然而，他也清楚地意識到邪惡永遠存在，所以他決定在暑假中繼續學習和修行，兼顧自己的興趣和未來的發展。

第一百三十一章 ❈ 巨大的修行

暑假來臨，經過深思熟慮，顧君明白要儘快提升自己的修行境界。他決定搬到離島觀音堂，專心修行和提升修為。告別了父母後，顧君搬進了觀音堂並閉關兩個月。由於父母已經踏入菩薩道並明白修行的重要性，他們完全支持顧君的決定。

父母也感受到顧君的成長和轉變。每次與父母見面，顧君都能感受到他們的喜悅和驕傲。父親深情地對他說：「小君，你的修行之路並不容易，但我看到你克服困難和堅持不懈的努力，我們為你感到自豪。」

顧君微笑著回應：「爸爸，感謝您的支持和鼓勵。我會繼續努力修行，將所學的智慧和慈悲帶給身邊的人，為他們帶來希望和幸福。」

其實，天下間的父母都希望自己的兒女能夠追尋自己的夢想，他日成為一個有成就的人才。即使父母要目送兒女逐漸遠去的背影，他們內心仍盼望下一代能夠忠於自我，勇於面對逆境，終有一天能創造那個內心期盼已久的美好世界。

顧君日以繼夜地在天龍八部陣中修煉，不斷挑戰自身的極限。他學習調動陣法的力量，提升能量和戰鬥技巧。他透過與虛竹的切磋和對陣法的深入理解，去逐漸提升自己的修為。由於他只剩下兩年時間去達致終極的九階九層大圓滿，他必須要抓緊時間大幅提升，才能夠應付即將到來的混亂。

有一天，小妹來到觀音堂溫習及做功課時，小妹突然向顧君表達了她想出去社會工作並幫助家庭生計的想法。

顧君聆聽小妹的話時，他深知家庭經濟困難對小妹造成的壓力，所以他理解她想出去工作的心情。然而，他同時也擔心小妹追趕學習進度的困難。

顧君思考片刻，溫柔地對小妹說：「小妹，我瞭解你對家庭的擔心和渴望幫助的心情，但你現在還太小，不適合工作。這是一個需要時間和準備的過程。讓我們一起找到更好的解決方案。」

他輕輕撫摸著小妹的頭，繼續說道：「學習將為你打下堅實的基礎，為未來的發展提供更多機會。我相信你有無限的潛力和能力，只需要時間和努力去開發它們。」

顧君用滿懷關愛和鼓勵的眼神看著小妹，他明白她可能感到失望和無助，所以他試著用溫暖的語調給她力量。在這一年的小學升中學考試中，小妹沒有被派到她理想的中學，這讓顧君為她想到了一個主意。

為了小妹的未來，顧君下定決心回到自己學校，為她爭取入讀心儀中學的機會，這也是他目前就讀的學校。他帶著小妹的成績單和信心，找到負責招生的副校長進行了一次對話。這個舉動需要顧君非常大的勇氣和決心，因為他要面對學校的官方形式和規定，並為小妹爭取一個例外的機會。

在與副校長的會談中，顧君以堅定和講究邏輯的方式表達了小妹的情況和學習潛力。他解釋了小妹未能被派到理想中學的原因，並強調了她的努力和渴望。同時，他提到了自己的學習成果和小妹對他的激勵，以及兩人能夠共同學習和成長的機會。

顧君在談話中展現了對學校的尊重和感激之情，並承諾如果小妹獲得機會，他們將全力以赴努力學習，為學校帶來榮譽。他的言辭充滿了家庭的愛和責任感，讓副校長深受感動。

副校長被顧君的堅持和為家庭的奉獻所打動，也看到了他們的決心和潛力。雖然學校通常不接受例外，但顧君的真誠和堅持讓副校長深思熟慮。經過一段時間的考慮和討論，學校最終決定接受小妹的申請，破例讓她入讀同一所中學。這個消息傳遍了家族，帶來了無比的喜悅和興奮。他們為顧君及小妹所做的努力感到驕傲和感激。

在修行的過程中，顧君深深體會到修行的重要性和價值。他明白修行不僅僅是提升個人修為，更是一種內心的轉化和智慧的開展。他更加明白自己要主動爭取機會，而不是依賴他人的同情，才能提升人生的境界。因此，他主動與虛竹和三個長老共同修行，讓自己不斷成長。

在暑假期間，他們共聚一堂，共同研讀佛經、討論佛法的深奧之處，並通過禪修和冥想來培養內心的平靜和智慧。顧君逐漸理解到修行的核心是放下執著和追求，以及開展慈悲心和智慧，以幫助自己和他人走出苦難。

這段修行的時間，不僅讓顧君和他的夥伴們在功力上有明顯的進步，也使他們更加瞭解和體會到修行對心靈的洗滌和對成長的影響。他們逐漸學會如何將修行融入到日常生活中，以慈悲和智慧去對待身邊的人和事。

顧君特別重視與家人的互動，他用修行的智慧和慈悲來處理家庭事務和關係。他與父母共同商討解決家庭經濟困難的方法，同時給予小妹鼓勵和指導，幫助她克服學習上的困難。他以自己的修行成果影響和改善家庭的氛圍，創造一個和諧溫馨的環境。

這段時間的修行對顧君來說是一個重要的轉捩點。他的心境變得更加平靜，智慧也得到了更高層次的開展。他明白修行不僅僅是為了自己的利益，更是為了眾生的福祉和世界的和平。他希望能以自己的修行成果，成為一個對他人有益的存在，並為社會做出積極的貢獻。

修行不是一個終點，而是一個永恆旅程的起點。

第一百三十二章 ❖ 包租婆

在這個暑假中，顧君為提升自己的修行而努力不懈，不知不覺間已接近菩薩道七階大圓滿的領悟。也持續鞏固著法修築基六層，為突破到第七層打下堅實的基礎。然而，要突破到下一個層次，仍然需要一道機緣。在修行的旅程中，機緣常常是重要的一環。這樣的機緣大都時候無法預測，但可以透過持續的修行和開放的心態來準備自己。

這個週日，顧君的父母帶著包租婆一同前往觀音堂，並一起享用了一頓飯。在寺廟裡，長老為他們講解一堂佛經。從這樣的場景可以看出，包租婆在家中也是燒香拜佛，看來她和我佛如來也有一定的緣分。

佛教講究緣分，相信每個人和佛之間都有一種特殊的緣分。包租婆從小受到家人的影響，非常虔誠地燒香拜佛，但她從未真正瞭解佛的真義。顧君的父母帶她到觀音堂，一起參與佛經講解和用餐，更加凸顯了這種緣分，讓包租婆能夠在寺廟中聆聽佛經，並透過長老的解說來開啟及深化對佛法的理解。對包租婆來說，這是一個寶貴的機會，可以幫助她在修行上有更深入的體驗和領悟。

不論是誰，只要有機會接觸佛教的教義和修行方式，都可以進一步拓展自己的修行之旅。這個週日的經歷或許對包租婆來說是一個重要的里程碑，同時也是她在佛教修行上邁出的一步。願她能繼續保持信心，在佛法的指引下獲得福慧雙增的收益。

在八月底的最後一週，顧君回到自己的家，父母為他準備一頓豐盛的飯菜。包租婆看到他回來，還特地送來幾碗菜湯。

她對顧君說：「小君啊，你有機會修行，真是一件非常有福報的事啊！我真的很羨慕你！我之前去觀音堂，也得到啟發，對佛的真義有了更深入的認識呢！」

顧君回應道：「婆婆，您要保重好身體啊！如果您有空的話，隨時都可以來觀音堂進行佛修。我們隨時歡迎您！」

之後的日子，顧君和包租婆保持著彼此的交流，在修行道路上共同前進。他們一起討論佛法的教義和修行的心得，互相分享彼此的體驗和領悟。他們一起探索佛教的智慧，努力將佛法的教義融入到自己的生活中。這種交流和學習的過程不僅豐富了彼此的修行，也深化了他們的友誼。

後來，包租婆經常參加觀音堂的佛事活動，並努力將佛法的教義融入到自己的日常生活中。她學習冥想和念佛，並尋求心靈的寧靜和平安。同時，她也繼續關心著顧君的修行進展，給予他鼓勵和支持。

他們成為了修行路途上的夥伴，彼此在修行上互相扶持，一起追尋著心靈的寧靜和智慧。他們明白修行的道路上，有時候需要互相激勵和幫助，以共同成長。他們的交流和相互支持成為他們修行旅程中重要的一部分，並讓他們更加堅定地走在佛法的道路上。

他們相信，無論修行的旅程有多漫長，只要心存虔誠和開放，他們將繼續踏上修行之路，追尋著智慧和覺醒的無限境界。

第一百三十三章 ❈ 開學偶遇

時間過得飛快，終於到了開學的九月一日，也是顧君的生日。以前，他總是覺得沒人記得他的生日，但自從開始修行，他發現自己的生日竟然是觀音菩薩的紀念日！這讓他覺得一切都是佛的安排。

顧君充滿期待地進入精英班的教室報到。他不禁想起武俠小說中描繪的場景，想像著眼前會有許多高手。周圍的同學都特別聰明伶俐，他們與老師能夠談論許多事情，討論和思考的氛圍讓他感到挑戰和成長。

顧君明白自己必須努力學習，才能在學校裡保持優勢。他希望將來能為學校做出優異的成績和貢獻。同時，他也知道對自己來說，保持對佛法的感悟至關重要。隨著修行境界的提升，他發現每次的突破都能大幅提升自己的領悟能力。這使他深信修行和學習相輔相成，兩者互相支持。

教室裡，顧君見到了薛海建和其他好朋友。大家互相關心彼此的暑假生活，對未來的學習表達鼓勵和支持，這使大家更有信心迎接新的學年。他們相互激勵，一起努力，希望能夠在精英班中展現才華和潛力。

顧君心存感激，深知一切都是佛的安排。他明白自己的生日竟然是觀音菩薩的紀念日，這讓他更加堅定了自己修行的信念。他希望透過修行和努力，能夠在學業上取得優異的成績，同時以佛法的智慧來指導自己的學習和生活。

這一天，老師向同學們講解新學年的期望，給予他們一個新的開始。由於是開學日，上課時間相對較短，中午時段同學們可以提早放學。

顧君在回家的路上碰到了程曉東和陳晞，他們互相打招呼。顧君突然提議：「我想去小寺廟修煉一下，順道檢查一下你們的修行進度。」

程曉東和陳晞立刻表示：「好啊，我們一起去吧！」他們兩個都是在菩薩到二階，並且突破到築基二層，離築基二層大圓滿還有一點距離。

顧君心想：我是不是該幫他們加快修行的進度呢？顧君跟他們兩人說：「你們兩個的修行速度……其實一點都不慢，比從前我還要快，基本上你們都是站在我的基礎上進行修煉，所以你們領悟的速度理論上應該比我更快。」

程曉東和陳晞聽了顧君的話，略微有些驚訝，但也感到欣喜和鼓舞。他們對顧君的修行進展深感敬佩，沒想到自己的修行速度居然比他還快。

程曉東感激地說道：「顧君，你的修行成果已經達到菩薩到七階大圓滿的領悟，實在令人敬佩！我們只是在你的基礎上修行，所以才能有這樣的進展。你的智慧和修行功力絕對值得我們學習和借鑒。」

之前顧君已多次要求，讓他們稱呼自己的名字即可。

陳晞附和道：「沒錯，顧君你的修行成果是我們的楷模。我們會更加努力，追趕你的步伐，並且相互支持，共同進步。」

顧君謙遜地笑了笑，並表示：「大家都在修行的道路上，我只是多了一些時間和機緣，所以進展比較快。但每個人的修行之路都是獨特的，每個人都有自己的時機和領悟。重要的是保持初心和努力，不斷提升自己的修行。我相信你們兩個都能夠取得更高的成就。而且你們跟我有所不同，我的奇經八脈比你們要寬闊十倍，所以我每次都要運用非常多的靈氣，才能夠突破自己的境界。相對而言，你們突破比較容易，理論上應該比我更快。以後我們還是每週一起交流吧，否則我擔心你們突破的速度跟不上我的進度。我現在已經達到七階，也開始部署大圓滿的突破。你們是我在眾生界裡最相信的兩個兄弟……將來眾生界還得靠你們，因為早晚有一天我是會離開……」

程曉東說：「為什麼你要離開？」

顧君說：「有些事情……我現在不方便說……但是你們要明白，既然有眾生界，必然就有修行界。九天之外還有另外一個更廣闊的天空等著我們，將來有一天我要離開的時候，眾生界就靠你們去維持，知道嗎？」

陳晞跟程曉東不太清楚顧君的意思，但他們還是點頭說：「我們會努力修行，準備迎接無限的未來。」

顧君開始講解菩薩道二階的修行要點，以及一些菩薩的真理和教義。他細心解釋佛經中的深奧道理，用生動的例子和故事讓他們更容易理解。他有如自己神識裡的小和尚一樣，耐心而用心地講解，確保他們能夠理解和吸收這些重要的教義。

經過大約兩個小時的講解，顧君感覺到他們已經對菩薩道二階有了一定的瞭解。他說：「現在，我們一起靠近這塊靈石，我將運轉我的《洗髓經》，帶領你們進行修行。我的能量會幫助你們加速吸取靈氣……雖然這並不是一個長遠的解決辦法，但我希望你們能夠儘快突破築基三層。因為有一些重要的事情需要你們開始參與處理，而你們目前二層的修為可能無法應對當前的複雜環境。」

顧君相信這種密集式的修煉能夠加快幫助他們突破築基三層，並時刻觀察他們的修煉進度。他提醒他們，如果他們的身體無法承受靈氣的銳氣，可能會對他們的修行境界產生負面影響。

顧君和陳晞、程曉東一起圍坐在靈石旁，他開始運轉《洗髓經》，引導靈氣進入他們的體內。這股強大的靈氣包圍著他們，讓他們感受到一種前所未有的力量和靈力。他們專注地吸納靈氣，感受到身心逐漸被靈氣所滋養和提升。

在顧君的引導下，陳晞和程曉東開始感受到修行中的轉變和突破。他們的身體逐漸適應了靈氣的流動，修行的能力得到了提升。他們的築基修為在靈氣的滋養下，不斷躍升，趨近於築基三層的境界。

顧君在修行的過程中不斷觀察他們的修為進展，確保他們的身體和心靈能夠承受自己輪出靈氣的力量。他隨時調整自己的引導，確保他們的修行能夠順利進行。

隨著時間的流逝，陳晞和程曉東的修為進展驚人。他們的築基三層境界終於逐漸清晰，能夠更好地掌握靈氣的力量。

顧君感受著他們的進展，心裡非常欣慰。他知道，這次的密集式修煉對他們來說是一個重要的契機，能夠加快他們各自的突破，以應對即將到來的挑戰和任務。

修行的過程中，顧君不斷給予他們指導和建議，分享自己在修行中的體悟和經驗。他提醒他們修行的重要性，不僅是為了個人的提升，更是為世界帶來正面的影響。

陳晞和程曉東對顧君的指導感激不已，他們深知自己在修行上的成就離不開顧君的幫助和引導。他們立下心願，將來更要回報顧君的恩德，並努力成為更好的修行者。

這次的修行經驗讓顧君和朋友們更加緊密地聯繫。他們在學業和修行的道路上互相扶持。他們共同追求智慧和成長，希望能夠用修行的成果來造福眾生，為社會帶來正面的改變。

第一百三十四章 ❈ 精英班

新學年開始時，顧君遇到了一些新同學：蔡青第、伍浩家、兆依茗和章敬星。這些同學都是在之前的年級考試中表現優秀的學生。

回想起起自己當初插班時的辛苦，顧君主動向這些新同學打招呼，很快就和他們成為了好朋友。顧君發現蔡青第和伍浩家也來自建福省，他們的英文水平有待進步的空間，所以顧君主動提供幫助。而兆依茗和章敬星則來自華國的一級市海山市和燕京市，他們的學習成績非常優秀。

佛陀的教誨非常重要，提醒我們修行的真諦和目的。修行不僅僅是為了個人的成長和解脫，也是關懷他人、造福眾生的方式。

佛陀說過：「能夠伸出援手，就是佈施的第一步。佈施也有功德之分。」這意味著可以通過慷慨和善行來幫助他人，這也是佛法修行的一部分，有極大的功德。每個人都有一本《功德簿》，記錄著我們的善惡行為和積累的功德。無上的神佛記載著每個人每天的功過，提醒我們要時刻保持正念，以善行和慈悲心行事，積累更多的功德。

顧君從小和尚那裡領悟到，我們應該時刻謹記：為他人伸出援手，幫助他們度過困難和痛苦。這種善行不僅能夠幫助他人，也能提升自己的修行境界和積累功德。

現在顧君上中學四年級，將來面臨港島的公開考試。這場考試的成績將決定升讀大學的機會，甚至可能有機會進入港島最好的大學並獲得獎學金。只要顧君能保持在精英班的前十名，他就有很大機會申請大學獎學金，減輕家庭的經濟壓力。

面對與全港島最優秀的學生競爭的壓力，顧君並沒有退縮和氣餒，相反他迎難而上，保持著決心和堅持奮鬥的態度。他明白這場競爭將是艱巨的，但他不願被現狀所限制，希望通過自我努力和學習改變家族的命運。他深知讀書的重要性和影響力，明白只有通過出色的學業成績才能獲得更好的機會和資源，為自己和家族創造更好的未來。

他投入更多時間和精力學習，絕不懈怠。他積極與同學和老師溝通，學習他們的經驗和建議，並時刻保持學習的熱情和好奇心。

顧君知道，這不僅僅是為了個人成就，更是為了改變家族的命運，為家人帶來更美好的生活。他以家人的期望和支持為動力，堅定地走在實現自己夢想的道路上。

第一百三十五章 ❖ 突破奧秘

週日下午，吳展邦來到了小寺廟，遠遠地便看到程曉東和陳晞。

顧君看到了吳展邦後，驚訝地說：「看來你剛剛突破了菩薩道三階、築基三層。」

吳展邦摸了摸頭，說：「其實……這次的突破對我來說是個謎。我一直努力修行，但始終無法突破到下一個境界。直到前幾天，我在夜晚獨自冥想時，突然感受到一股強大的能量湧入我的身體。我頓時感到全身充滿力量，才意識到我已經突破了菩薩道三階、築基三層。」

程曉東和陳晞都驚訝地看著吳展邦，程曉東問道：「你說在冥想時感受到強大的能量，那股能量是從哪裡來的呢？」

吳展邦搖了搖頭，表示自己也不清楚。他繼續說道：「在那一刻，我感受到了宇宙的力量，彷彿與宇宙相連，一切都變得明朗起來。或許，這是一種奇妙的機緣，我並沒有刻意去尋找，但它就這樣降臨到我身上。」

顧君聽完吳展邦的話後，若有所思地點點頭。他深吸一口氣，說道：「或許這正是修行的真諦。當我們用心修煉、追求進步時，宇宙萬物會給予我們意想不到的幫助。

這種突破並不是我們一味追求的結果，而是自然而然的發生。」

三人陷入了沉默，思考著修行的奧秘和宇宙的神秘力量。他們明白，修行是一個漫長而不斷探索的過程，每一次突破都是個人成就。只有繼續修行，不斷追求自我提升和進步，才有可能到達彼岸。

顧君接著對大家說：「其實我們不能停下修行，除了天分之外，努力是最重要的元素……天分再不好，只要你願意努力，還是會有機會突破，到達更高的境界。程曉東、陳晞，你們兩個要向他學習啊，明白嗎？」

程曉東和陳晞點了點頭說：「是，我們也要努力！」

顧君對吳展邦說：「因為你突破了三階，所以你可以試用精氣外放吧！」

吳展邦往上一跳，已經跳到了接近二十米高。

顧君告訴道：「的確，這次的突破為你帶來了巨大的進步，但我希望你明白，修行的道路上不能停下腳步。你的突破是一個里程碑，但你需要持續不斷地深入思考和實踐對佛法的領悟。你可以分享一下你突破的過程，為程曉東和陳晞提供一些參考。」

大家圍坐在靈石旁，靜靜聆聽吳展邦分享的經驗。顧君閉上眼睛，專注地感受他的話語，將心神與他們的修行狀態相連結。吳展邦的分享讓顧君感到相當滿意，他也觀察到程曉東和陳晞的修行氣息開始醞釀增長，逼近菩薩道三階的境界。

突然，從程曉東和陳晞身上發出了三聲轟鳴，他們終於同時突破了目前的修行境界，達到了菩薩道三階和築基三層。顧君為他們的突破感到非常驚喜和高興，這也體現了他們努力和奮鬥的成果。透過共同的分享，吳展邦的氣息也更加深厚。

顧君對程曉東和陳晞說：「這是你們的突破，你們的努力得到了回報。但我希望你們明白，這只是修行路上的一個小成功，還有更遠的道路等待著你們。繼續保持對佛法的熱愛和學習的態度，持續努力，不斷超越自我。」

三個人同時站起身來，說：「謝謝我佛！」

第一百三十六章 ❖ 學生圈子（一）

顧君終於展開新一年的學習，並且發現精英班藏龍臥虎，也衍生更複雜的人際關係。

他首先發現來自不同班別、最優秀的同學考進同一個精英班。例如：顧君在之前三年級的時候，也只是與幾個插班生一起溫習；本地學生偏向與說港島語的學生聊天，所以這個精英班的學生來自於不同的群體，而形成數個社交圈子，令他們各自結成小團體進行溫習。雖然大家沒有直接的矛盾，但顧君發現這個現象逐漸形成圈子之間的隔膜。

顧君在學校的走廊散步，心想：為什麼人與人之間的隔膜竟然那麼大？大家都只是學生，但為何不能一起複習呢？這個世界已經那麼困難，小小年紀已經要學懂人以群分。如果將來在社會工作，那豈不是更加的冷血無情呢？

雖然如此，顧君還是嘗試與不同的同學進行交流。顧君主動向同學伸出援手，特別是兩個從建福省新移民的插班生。與此同時，顧君也向那幾個最優秀的學生虛心學習，在遙遠的港島遇見同鄉，感受到了格外溫暖。

正所謂：「老鄉見老鄉，兩眼淚汪汪」，但是顧君發現自己跟薛海建好像越來越疏遠。薛海建每天放學後便立即回教會，顧君沒有太多機會與他像以前一樣一起走回家。

實際上，顧君發現薛海建近來的成績比之前有所退步，這令他開始擔心薛海建的學業進度，並且有些擔心他把過多的時間分配到教會工作。可是，由於之前他專注於修行及考試，他一直未有機會與薛海建聊聊彼此的近況。現在顧君只能在內心祝福薛海建，希望他能早日專注於學習。

相反，顧君跟蔡青第和伍浩家的感情越來越深厚。可能因為大家皆來自於同一個省份，說著同一個方言，使大家在這個混亂的港島找到親切感。可是顧君覺得因果緣份，所有眾生都是我佛子弟，並且我們與生俱來都是眾生平等。他希望他能夠慢慢去改變這些人的想法，宣揚我佛對於「眾生平等」的觀念。

顧君又結交四個新朋友，而且他們家剛好也都燒香拜佛，令顧君心裡想：也許要找機會跟他們討論修行的事，並且帶領他們進入修行之道，令他們變得更強大，而且他也需要不同的人來組成一股強大的正義力量，去對抗邪惡修行者。

第一百三十七章 ❖ 學生圈子（二）

這天早上，顧君如常修煉後回到學校，他發現蔡青第和伍浩家與幾個同班同學正起爭執。顧君立刻上前把他們拉到一邊去，問：「發生什麼事？」

伍浩家一臉通紅，顫抖著身體說：「剛剛我們兩個用老家的方言談話時，那兩個人過來說了一些很難聽的話！他說：『你們這些大陸仔，連港島話都不太標準……還要在我們學校裡讀書，你們真是很不自量力呢！』我們就跟他們爭論：『其實我們用什麼方言來說話是我們的事，跟你們沒什麼關係。』他們一直嘲笑我們的口音，所以我們就爭論起來。」

顧君拍了他們兩個的肩膀說：「這種事情別動氣，你知道嗎？己所不欲，勿施於人。」顧君說這句話的時候，也雙眼盯著那兩個人。

那兩個人竟然兇狠地回了一句：「顧君，別以為你現在是精英班的學生，你也是落後的鄉下仔，你跟他們都是一樣！哈哈！」

顧君走了過去，冷靜地與他們講道理：「朱清、陳亮，大家都是同學，無論我們從哪裡來，我們現在都是同學，我們都是有緣分才能夠在同一所學校裡……你知道什麼叫緣分嗎？」

他們哈哈大笑地說：「都不明白你在說什麼呢？我只知道你們講的話很好笑……我們講的港島語都是很正統，剛剛與你們講的一大堆鄉下話，一會兒講華語，一會兒講令人發笑的港島語。我告訴你們這裡是港島，你們要學好港島語，才能成為我們圈子的其中一人，不然你們永遠是鄉下仔。」

其實顧君也不再想跟他們計較。對他來講，這也是一個眾生界的考驗。

顧君很冷靜地跟他們說：「我們是來自鄉下的地方，但那又如何，沒有農村，沒有農民，你們哪來足夠的糧食呢？我們都有平等的機會去改變我們的生活。你們也是華國的一份子，港島現在已經回歸了華國，也是這個國家的一部分。華語也是官方語言，我們並沒有高低之分，希望我們能夠和平相處。」

那兩個人「哼！」的一聲轉身，但是他們還留下了一句說：「鄉下仔！你有本事就考得比我好！」當然，顧君知道那兩個人是全級前五名的學生。

顧君沒有再理會他們，拍了拍蔡青第和伍浩家的肩膀說：「別理他們，該講的話，我們都講了，我們知道自己是來專心讀書，那就好了！他們剛才的嘲諷只會令我們更加努力奮鬥！我們先上課吧，別生氣了！」

蔡青第和伍浩家接著說：「對，我們別理他們。」

旁邊的兆依茗和章敬星也聽到這些話，跑了過來說：「別理他們，跟他們談有什麼意義啊？其實啊……在我們燕京市和海山市，有很多比我們厲害的學生。世界那麼多能人異士、高材生天才，咱們還是好好學習吧！我們一定要在三個月後的期中考中考到好成績。我們還要為明年的會考做好準備呢！我們鬥氣是沒意思的啊！」大家逐漸冷靜下來，安靜地等待上課的鐘聲。

第一百三十八章 ❈ 數學比賽（一）

「噹……噹……噹……」上課鐘聲響了起來。

今年的班主任是吳老師，也是數學科的學科主任。吳老師是一位年約四十多歲的男老師。他留著短髮，梳得整齊俐落。他的眼睛明亮而有神，經常流露出關心和溫暖的目光。他的臉上總是掛著和藹可親的微笑，給人一種親切、友善的感覺。

吳老師走了進來，所有的同學同時站立，向吳老師敬禮後才坐下。吳老師跟大家說：「我們學校有一個傳統，每年都有校內數學比賽。高年級的四年級和五年級可以組隊參賽。每個同學都可以自己組隊，一隊五個人，如果你們有興趣的話可以自己組隊報名。

「當然，四年級的學生跟五年級的學生比例不可以超過三比二，也就是說最多兩個五年級的學生，也可以全部是四年級的學生。比賽是以淘汰制進行，如果你們對數學特別有興趣，而且想參加比賽的話，我非常鼓勵你們組隊比賽。比賽的形式分為團體制和個人制，每一個隊的隊員都會有機會參加，個人也會得到一個分數。

「團體賽將採用輪流制，稍後會有更詳細的賽制，到時候我再跟你們詳細講解。

截止報名時間是本週五，所以你們可以自己考慮一下。我鼓勵大家踴躍參加，同時可以與高年級的學長們進行交流。我們班在過去幾年都奪得了冠軍。」

同學們聽到後即時議論紛紛，顧君也看了一眼蔡青第、伍浩家、兆依茗和章敬星，原來他們四個人也同時互相望著大家，心裡面笑了一下。

顧君心裡想：原來他們都有這個想法！

顧君覺得自己也應該組隊參加，爭取這個好機會去提升自己的數學水準，能夠與高年級的同學進行數學上的較量，而且這個較量不單是一般考試的數學，還包括了世界知名的奧數，其艱深程度相當高。

吳老師讓同學們議論了好幾分鐘，結果陳亮站起來跟吳老師說：「吳老師，我們肯定會報名，但是有沒有限制呢？每個班級最多能組幾隊啊？」

吳老師回答：「每個班級最多有兩隊，以往每年參賽的總共會有接近十隊，也包括了高年級的學生，他們自己也會組隊。」

顧君心裡想：這個規則對他們來講是稍微不利，因為他們是四年級，兼且都是插班生，根本不認識高年級的學生。陳亮是從一年級開始就讀這所中學，他們參加了很多課外活動，所以他們認識很多的高年級學生。當然，對顧君來講，這些並不是重點。顧君一直以來都是靠自己去修行和讀書，並且明白夥伴的重要性。

他突然間也明白：原來陳亮和朱清應該是想去找高年級的朋友們來一起比賽吧！顧君於下課後馬上找了自己夥伴們，說：「咱們到操場裡面走走吧！」他們五個人沿著走廊下樓梯，去到了操場，並且站在一棵樹下，顧君說：「你們對剛剛說的數學比賽有興趣嗎？」

伍浩家及蔡青第相繼舉手說：「我有興趣，而且我會努力去打敗他們，他們實在欺人太甚！我們一定要把他們徹底打敗！」

兆依茗和章敬星也接著說：「試試看吧！也想看看我們的程度與他們的差別，也許這是一個機會讓我們更加瞭解這裡的考試制度和學術水平，也讓我們更好地融入這裡的課程吧！」

顧君說：「那就好，我也願意參加！我們五個人選擇隊長吧！」

他們異口同聲地說：「顧君，肯定是你做隊長，我們都是新的插班生，我們跟老師們又不熟。如果你帶著我們，我們專心做好數學，其他就交給你了。」

顧君笑了笑說：「那你們是不是覺得我數學做得不好，所以讓我來做這個出頭鳥呢？哈哈！」

他們五個人在操場裡面打打鬧鬧著，形成一片歡樂的氣氛。顧君希望他們能團結一致，將不開心的事情都暫且拋諸腦後。

顧君明白這是人生的一部分，只有團結一致才能戰勝一切！而且，這個數學比賽不是單純的「比賽」，而是一個好機會向全級同學展示他們的實力，務求以實力戰勝一切歧視！

第一百三十九章 ❖ 參賽

如是者，五個人嘻嘻哈哈、高高興興地過了一天。

顧君邀請薛海建一同參與數學比賽，但得到的是薛海建的婉拒。薛海建表示自己忙於教會事務，沒有時間和他們一起訓練數學題目。顧君對薛海建過於專注於教會而忽視學業感到擔憂，他認為修行和學業應該並重，學業也是修行的一部分。儘管顧君善意地勸告薛海建平衡學習和教會事務，但薛海建似乎對此不以為意。

當天晚上，顧君也有跟父母討論數學比賽的事。父母立即表示支持，他們倆說：「小君，這是好事啊！這數學比賽能夠提高你的學習動力，但是記住我們不是為了拿第一去參加比賽，這是兩個不同的概念，知道嗎？」

顧君接著說：「我知道！當然知道，你們不用擔心。」

旁邊的小妹舉手說：「哥哥，你是最厲害的！我相信你一定可以打敗對手！」

顧君摸了摸小妹的頭說：「小妹啊，你還習慣這家新學校嗎？」

小妹接著說：「我早已習慣了！很多老師都知道我是你的妹妹，對我特別照顧，他們都經常在我面前誇獎你是個很用功的人，所以我也必須努力。」

顧君續說：「小妹啊，你千萬不要有壓力啊！哥哥只是一個名次比較靠前的學生，千萬不要給自己太多壓力。記著，在我眼中，你也很優秀。其實名次不是那麼重要，只要你盡力地學習，爸媽都會感到欣慰，我也會為你驕傲。」

媽媽也馬上說：「是的，小妹，你哥哥說的太有道理了。只要你努力讀書，盡力地溫習，那我們便感到欣慰了。」

第二天早上，顧君在報名表填上了他們五個人的名字。同時間，他看到陳亮一行人也報名參賽。其他同學正在考慮是否報名的時候，看到了陳亮的團隊，他們的手心不禁冒汗，徹底放棄參加的念頭。有些人還閒言閒語地說：「顧君……你看看你的對手……你們真是不自量力啊！為什麼你要參加一場必輸的比賽呢？我要是你，我肯定不會去報名了，為何要自己換來難堪的局面呢？」

顧君絲毫沒有理會這些負面的說話，說：「謝謝你們的關心。」

後來顧君還打聽到，陳亮的確與兩個五年級數學精英班的同學組成隊伍，另外一個還是去年考到前十名的學生。

兩隊精英班已經正式組成，一場世紀大戰將一觸即發。吳老師請同學們以熱烈的掌聲鼓勵兩隊比賽的隊伍，而且吳老師希望兩隊的同學可以互相切磋數學能力。

陳亮以輕佻的眼神看著顧君，顧君大方點頭微笑回應。究竟誰能勝出比賽呢？

第一百四十章 ✥ 因果緣起

顧君在整個暑假經歷漫長的修煉，努力準備領悟及突破菩薩道八階，而且又開始了新學年的生活，遇見了一些人和事，令他慢慢地在生活中領悟佛的真義。

這一天晚上，他又來到了玄之又玄的夢境裡。小和尚在他的識海裡出現，跟顧君說：「小君，你的菩薩道八階領悟得怎麼樣呀？」

顧君接著說：「我有一些領悟，但又好像沒有辦法完全理解，好像還有一層薄薄的紙讓我看不透，無法突破。」

小和尚接著說：「我給你講個故事吧。」

顧君說：「好啊！洗耳恭聽，願聞其詳！」

小和尚開始了故事，說：「從前有一個佛教的禪師，他叫彌勒。有一天，一位年輕的學生來到彌勒的門前，跪著虛心地詢問彌勒，說：『師父，生死和宇宙本質的來源是什麼？』

「彌勒就跟這位年輕的學生說：『讓我講個故事吧！從前有一個農夫，他用一顆小麥種子來耕種土地，並且很有耐心地澆水和施肥，讓小麥茁壯地成長。可是，這小麥種子是從哪裡來的呢？』

「學生思索了一會，回答說：『也許是從前一顆麥子種出來的種子吧……』

「彌勒點了點頭，微笑著說：『沒錯！那我再問你一個問題：那顆麥子又是從哪裡來的呢？』

「學生猶豫了一下，回答說：『也許是從更早之前的一顆麥子種子來的吧？』

「彌勒笑了一下，接著說：『這樣的連鎖可以一直延續下去。但是，有一個問題需要思考：最初的那顆種子是從哪裡來呢？』

「聽到這裡，學生頓時不知如何回答，非常誠懇地跪在地上，請求彌勒給他一個答案。

「彌勒溫和地說：『這就是緣起的智慧。一切世間的現象都互相依存，彼此影響。由於無數的因緣相互作用，令寶貴的生命得以屹立於世上。每個事物都是因緣的結果，並沒有一個獨立存在的實體。你想知道這個故事背後的道理嗎？』

「小和尚接著也問顧君，他想了一想，回答說：『要理解生命和宇宙的本質，我們便需要超越個體跟時空的限制，我們才看到一切事物之間相互聯繫的關係。』

「小和尚笑了笑說：『這一切都是緣，一切現象和存在都是由無數的因緣果報而產生互相作用，沒有一個事物是能夠獨立存在。由於有緣就有因緣，有因緣就產生了因果，這個緣便能夠解釋一切現象的存在和變化，也涵蓋了生命、宇宙和我們自身的經驗。緣起觀念以十二因緣為基礎，揭示了一個現象產生和延續的過程。這十二因緣包括：無明（無智慧）、行（行為）、識（意識）、名色（心與物質）、六入（六根與六對象之相互作用）、觸（感受）、受（受取）、愛（執著）、取（貪愛）、有（存在）、生（誕生）和老死（老化與死亡）。』」

就這樣，小和尚一字一句地解釋著緣的重要性，更重要的是顧君又進入了那玄之又玄的夢境中，去積極突破菩薩道八階：「緣」。

小和尚問了顧君說：「小君，你領悟到真正的緣是什麼嗎？」

顧君說：「要不我也給你講一個故事？」

小和尚微笑著說：「好。」

「從前有一個小村莊，村莊有一位名叫小明的男孩。小明是個開朗活潑的孩子，他對世界充滿了好奇心。有一天，小明在村莊的森林裡迷路了。他彷徨地走著，希望能找到回家的路。正當他感到無助時，他在樹林中遇到一位老態龍鐘的和尚。

「和尚問小明：『小朋友，你為什麼迷路了？』

「小明垂下了頭，說道：『我不小心走錯了路，現在找不到回家的方向……』

「和尚微笑著對小明說：『迷路並不可怕，因為一切都是緣起的。』

「小明疑惑地問：『緣起是什麼意思？』

「和尚解釋道：『緣起是指一切事物的存在和變化都是由無數的因緣條件相互作用而產生。就像你迷路了一樣，這是因為你走錯了路。但這也是因緣際會，它帶領著你遇見我，並且我們能夠一同找到回家的路。』

「小明聽後恍然大悟，他開始明白迷路只是一個暫時的困境，而這個遭遇也是因緣的結果，這令他感到安心，並對前路充滿希望。和尚帶領著小明重新找回了回家的路。當他們走到小明家的門口時，小明感激地對和尚說：『謝謝您的幫助，您教會了我緣起的觀念，讓我瞭解到一切都有其原因和意義。』」

「和尚微笑著說：『孩子，記住緣起的教義，無論面對什麼困難和挑戰，都要保持開放的心態，相信一切都會有轉機和解決的方式。』」

當顧君講完故事後，小和尚一臉安慰地說：「小君，你剛才突破了菩薩道第八階『緣』，我佛慈悲啊！」

天亮了，顧君從夢境裡醒來，坐在自己的小牀上，盤著腿繼續鞏固剛才的突破。

第一百四十一章 他鄉故知

當顧君在家裡鞏固完昨晚的突破後，他回到學校，遇見來自海山市的小女孩——兆依茗，她長得非常有氣質，並與顧君親切的打招呼。

兆依茗跟他說：「我認識隔壁班的參賽數學隊隊長——莊保善，她想和我們的隊伍交流數學的水準。」

顧君說：「好啊。」

兆依茗又說：「我約了她中午在學校的飯堂介紹你們認識一下。」

顧君說：「那就這麼決定吧！真的令人期待！」

當大家在學校食堂裡面相互打招呼，顧君也認得對方的其中一個同學是插班生，也是來自於建福中學，所以與蔡青第和伍浩家都比較相熟。

經過一輪的互相介紹，莊保善說：「很高興認識你們！」

顧君連忙說：「我也是！聽說你是來自建福省？」

莊保善回答說：「是，我是在大概十歲的時候就移民到港島了。」

顧君說：「我也差不多，我也是去年才插班到這個學校。」

莊保善說：「那為什麼你當初沒有去官校呢？」

顧君說：「我堂哥在馬寶山的中學讀書，所以我那時候來就直接插班進那學校，我後來考插班試，才轉讀這間學校。你們是這個學期才來插班讀書嗎？」

莊保善說：「是啊……我的英文比較差，現在努力追趕進度。我們一般都是英文比較差，但中文跟數學都還可以。」

顧君又遇到一個同鄉，讓他感到非常親切。在交流的過程中，顧君發現莊保善是個非常開朗的女孩，雖然她比顧君還大一歲，但她散發著善良的魅力，瞬間讓顧君感受到人間的溫暖還有鄉親之情。

在整個交談中，顧君也對招京陽這個來自建福省的老鄉印象特別深刻。他和莊保善兩人都從建福中學轉校而來。顧君知道他們都住在東區，那裡被稱為「小建福」，有很多建福省的移民都住在那裡。這些移民離開家鄉，但團結一致，彼此支持。甚至在菜市場買菜時，他們也會互相提供充足的食物。因為大家都明白移民生活不容易，所以互相照顧。

顧君也發現莊保善和招京陽在學業上都非常優秀。無論比賽結果如何，他在這個數學比賽中結識了一群好朋友，都是同鄉，大家心地善良，樂於互相交流知識。

同時，顧君也發現莊保善很像自己的親姐妹，而顧君與兆依茗也相處得很好。莊保善常常稱呼顧君為「小弟弟」，因為她真的把顧君當成自己的親弟弟看待。顧君也對這位比他大一歲的小姐姐感到親近。在接下來的兩三年中學生涯中，顧君與莊保善以及其他參加數學比賽的隊友建立了更緊密、互相扶持的友誼。

第一百四十二章 ❖ 大智若愚

顧君高興地與新朋友一起共進簡單的午餐。

顧君回到家裡，發現包租婆的房門是半開的狀態。顧君先把書包放在自己的房間裡面，過去敲了敲門，說：「婆婆，怎麼你今天會有空呀？」顧君發現她身旁有一位小女孩，目測大約六七歲左右。

婆婆站起來跟顧君說：「剛剛我女兒把我的孫女帶過來，讓我先照顧著，她現在去辦一些緊急事。」

包租婆對著孫女說：「小芷，叫君哥哥。」

小女孩的眼睛顯得有點遲鈍，對顧君說：「君哥哥，你好。」

包租婆拉著顧君的手說：「小君，你坐下。我跟你說，小芷在兩三歲的時候發過一次高燒，差不多有四十二度，但她的爸媽沒有及時把她送到醫院，所以燒壞了腦袋，固此她的智力比同齡人小兩三歲。換句話說，她現在實際年齡大約七歲左右，但智商只停留在五歲左右，所以我的女兒要花大量的精神和時間去照顧她，這令女兒感到十分困難。」婆婆雙眼發紅，一邊哽咽地說。

顧君心中思道：其實以我現在的修行是可以幫助這個小女孩去提升她的智力，但是必須要在有緣分的前提下，才能進行提升智力的治療。這件事令顧君的內心陷入無盡的沉默，他細心聽著婆婆講述她的女兒和女婿如何照顧小孩的辛苦經歷。

顧君跟婆婆說：「婆婆，我覺得她是個可愛的女孩……發生這個事情啊……也不是她本身的錯，是一個因緣際會吧……而且或許這對她來講是一種磨煉吧？其實她的遭遇反而給她更加開心的童年，不用去思考太快長大的煩惱。」

婆婆說：「小君，你的領悟太深奧了，每一件事都是順其自然的，一切都是自有安排。」

但顧君接著道：「婆婆啊，當然她有個開心的童年，但是這不是她本身的意願，那是因為她腦袋裡的智慧被封鎖了，我可能可以恢復她的智慧。」

婆婆馬上緊張地站了起來，說：「小君，你真的有方法嗎？」

顧君點頭說：「婆婆，我這週日會去觀音堂，你可以帶她一起去聽聽長老們的佛經，你知道佛經裡面有一個很重要的概念，叫『開啟智慧』。佛經能夠開通她的先天智慧，在這基礎上發展智慧。我相信她多些接觸佛門，多多接觸長老們傳授的智慧與開悟，對她的智力發展是有一定有幫助。」

婆婆馬上說：「你說得太有道理！我們老人家能夠在你的引導之下去學習佛的真理，並且尋求開悟。這小孩更加有機會去慢慢恢復她的智慧。我不要求她是一個天才，但是我們希望她能夠擁有正常人的生活，還有她能夠享受生活，而不是陷入渾渾噩噩的迷惘之中。」

顧君接著說：「我們能夠給他的是讓她有選擇，而不是逼她去做一件事。她本身是一個有智慧的人，只因一些意外而封鎖了她的智慧，我們可以打破這個枷鎖，讓她去選擇自己的生活，是吧？」

婆婆連忙點著頭說：「是，這絕對是對的。小君，謝謝你。那如果這週日你去觀音堂的時候，我跟她媽媽商量一下，或許我們能夠一起去參拜觀音寺廟！」

小君說：「好呀，婆婆，你們一切都會平安，一切都是佛的安排。」

婆婆連忙雙手合十說：「阿彌陀佛，我佛慈悲啊！」

第一百四十三章 ❖ 組團

顧君約好這星期天早上，與婆婆和她的孫女一起前往觀音堂。之前一個晚上，顧君的父母跟妹妹回來的時候，他也跟父母說到這件事，父親嚴肅地向顧君說：「小君，這件事情你有把握嗎？」

顧君點著頭說：「爸爸，您放心吧！其實我可以自己出手，但是我有苦衷，不能親自幫助婆婆，也不能隨便透露我的修為，所以我會讓觀音堂的幾個長老去替我出手！」

媽媽在旁邊點了點頭說：「爸爸，你不用擔心吧！小君現在已經長大了，他做事情有分寸，他懂的事情比我們倆還多呢！」

顧君的父親點頭說：「好吧，那就這週日吧。」

第二天，顧君回到學校的時候跟兆依茗說：「我們這週日去參拜離島觀音堂，你去不去啊？」

在顧君身旁的蔡青第和伍浩家，聽到說：「我們也去，我們也想去！」

顧君跟兆依茗說：「你可以約莊保善和招京陽，邀請他們一起前往觀音堂嗎？」

兆依茗接著說：「我待會與他們談一下。」

其實顧君心裡在想：這些人與我有緣，當他越領悟「緣」的道理時，他決定同一些與他有緣的人一起瞭解佛教的真諦，讓他們有機會接觸佛教並實踐普渡眾生的目標。

顧君還記得小時候的老家，每逢七月初十的時候，家裡會過「普渡節」。小時候的顧君問媽媽：「為什麼我們要過『普渡節』呢？為什麼當天的飯菜特別豐盛呢？」

母親告訴他：「小君啊，『普渡節』是為了紀念我們慈悲的觀世音菩薩普渡眾生而設立的節日，所以叫『普渡節』。我們必須準備豐盛的飯菜來款待親戚朋友。每個鄉村的『普渡節』都在不同的日子舉行，所以大家會互相邀請，希望在這個共同慶祝的日子裡，我們能祭奠觀音菩薩的慈悲大法，同時普渡眾生。」這件事讓顧君埋下了深深的佛緣。

晚飯過後，顧君給濟生打電話安排週日的計劃，並簡單提到婆婆和孫女的事情，還有他會帶一些朋友來修行佛法。最近的經歷讓顧君深刻領悟到「緣」的真理，讓他完全明白身邊出現的人都與他有緣。

他與佛有緣，因此他希望身邊的人也能與佛有緣，這就是普渡眾生的重要目標。這種領悟對他來說意義非凡，並且使他的修行越來越接近突破的時刻。他目前在佛修中已經突破了菩薩道的八階，但法修境界還停留在築基的六層，但他感受到突破的氣息越來越強烈。

對顧君來說，這個週日的經歷是一個機緣，他非常希望能集合所有重要的人，利用這難得的機會將自己的領悟傳達給他們。他也希望透過這個機會中突破自己的修行境界，因為築基的第七層代表著他正式成為令人敬佩的築基界後期高手，所以他非常重視這次的突破。他現在每天都努力修行，充實自己的領悟和修行。

第一百四十四章 ❖ 佛法無邊

來到週日早上，包租婆向顧君介紹她的女兒。她看起來大約三十來歲，是一位平易近人、亭亭玉立的少婦。

她看到了顧君，便立刻趨前說：「小君，我聽我媽媽說了很多關於你的事情，謝謝你！我們真有緣分，你們住在我們這裡，如果你有什麼需要，請隨時跟我們說，我也可以讓我媽媽減點租金。」

顧君的父親在旁邊搖著手說：「小陳，你媽媽對我們已經很好了，她已經少收我們很多租金了！我們互相幫助，所以你不用客氣！」

大家一起坐巴士到達碼頭，並且在碼頭與莊保善、招京陽等五個人會合。一行人浩浩盪盪坐著渡海輪，前往遙遠的離島。

大約在早上九時的時候，大家到達觀音堂的大門口。濟生一早就帶著三個長老在門口等著顧君。顧君之前已經跟濟生交代「一切低調」四個大字，所以他見到顧君的時候也表現得平平淡淡，只是以平穩的語氣說：「我是濟生，這幾位是觀音堂的長老。你們好！因為顧君一家每週都來修佛，所以我們跟他們特別熟，歡迎你們的到來。」

顧君很自信地帶著大家走了一圈觀音堂，並且介紹著園內的一切，之後小妹跟父母去做功課和聽佛經。

顧君就跟濟生說：「你帶婆婆一家人去找虛竹吧！我帶我的同學們四處再逛逛。」

濟生接著說：「好的，幾位施主，這邊請。」

顧君帶幾位同學到處逛了一下，看得出來他們對佛堂清淨地感到好奇。

大概過了一個小時，他們就走到了虛竹的小院子，大家也看到了虛竹正與婆婆的孫女講佛經開悟的故事。突然之間，當虛竹講到重要法門的時候，他舉起了一個阿彌陀佛的手掌，用手指點著小孩的腦袋，一道華光走進了小女孩的腦袋。顧君知道他正在突破小孩智慧的枷鎖，小孩也開始展現了甜美的笑容，雙眼發光，皮膚也突然變得光滑。

虛竹把手指放下來，繼續念著他的口訣，講著他的佛經，開悟在場的人。小孩突然間雙手合十對著虛竹說：「謝謝老師父。」

接著小孩就對著婆婆和媽媽說：「媽媽，婆婆，我好了，以後你們就不用擔心了。」

婆婆和她的女兒頓時喜極而泣，連忙向虛竹鞠躬說：「謝謝師父！」

顧君的同學們卻不知道發生什麼事情，大家互相看著彼此，希望顧君能向他們解釋剛才發生了何事。

第一百四十五章 ❖ 同桌之緣

顧君成功解決了包租婆孫女的問題後，他感到前所未有的高興和自豪。年紀輕輕的他能夠改變一個小孩的一生，這真是一件偉大的事情！

他深知，只有通過更高深的修行，能力變得更強，才能幫助更多人，這也是他不斷突破自己的動力所在。

那天下午，顧君和同學們一起參觀了觀音堂，大家都有不錯的收獲。特別是蔡青第、伍浩家和莊保善這幾位來自建福省的同鄉，對佛教修行有著特別的感受；相比之下，來自海山市的兆依茗對此並不那麼敏感，可能是受到西方文明社會的影響吧！

令人愉快的週末很快過去了。第二天正式上課之前，班主任吳老師突然進來，重新安排了同學們的座位。他希望不同的同學能互相交流，也希望插班生能融入當地同學的圈子，所以兆依茗和顧君被安排在一起成為同桌。

經過更深入的交流後，顧君和兆依茗成為了好朋友。兆依茗身材高挑，皮膚白皙，給顧君留下深刻印象。他發現兆依茗的英文水準非常優秀，這激發了向她虛心請教的決心。顧君還與隔壁班的莊保善、招京陽成為好朋友，他開始發現自己身邊的朋友越來越多，這讓他感到非常奇妙，相信這都是我佛帶來的緣分。儘管大家來自不同的地方，但他有機會認識一群志同道合的同學，讓他對緣分的理解越來越深刻，同時他非常珍惜這份得來不易的緣分。

快下課時，兆依茗突然整理了一下頭髮，用親切的眼神對顧君說：「顧君，你有興趣去我家走走嗎？」

顧君有點驚訝地問：「為什麼要去你家呢？」

兆依茗說：「其實我父母是海山市的大學教授，父親是物理系的，母親是化學系的。他們為了我而移民港島，我媽媽負責為我增強化學知識。你可以來聽聽，一起鞏固化學知識。」

顧君突然明白這就是佛經所說的緣分啊！兆依茗也希望能在學術上幫助顧君。

顧君接著說：「好啊！」

放學後，他們一起坐巴士到達港島東區的另一個小區。顧君受到兆依茗家人熱情款待，兆依茗的媽媽為他們講解了近兩個小時的化學知識，為顧君打下了堅實的基礎。顧君還在他們家吃了晚飯，品嚐了正宗的海山面，而且是兆依茗父親親手做的。

顧君心想：我什麼時候才能回報他們呢？正所謂「滴水之恩，當湧泉以報」，這樣的緣分來之不易啊！

第一百四十六章 ※ 非常突破

一個星期過去，顧君發現自己和很多新朋友建立了深厚的友誼，他非常珍惜這段時間遇到的友人。他也明白我佛如來希望他能從日常生活中體悟佛法與佛緣的道理。

這個星期天，顧君帶著父母和小妹再次去參拜離島觀音堂。虛竹和三個長老都說：「師祖，您感覺不太一樣了。」

顧君故意問道：「你們覺得有何不同？」

虛竹合十說：「我無法說明……現在我無法感受到師祖的境界，您又有所突破嗎？」

顧君笑著回答：「沒錯，我已經突破了菩薩道八階。你們都坐下來，我來分享我的領悟。」

事實上，虛竹和三個長老仍然停留在菩薩道五、六階，對他們而言，顧君的修行進度超乎想像。經過短短幾個月，顧君的修為已遠超過他們，而且突破不同於常人。

顧君花了一個多小時向他們講解菩薩道的領悟。在講解過程中，顧君注意到三個長老的氣息逐漸變得更深厚。對他們來說，突破的機會也大大增加了，顧君希望他們能儘快突破到新的境界。現今世道混亂，他們的實力增強對顧君而言是最大的幫助。

大約過了兩個小時，顧君停了下來，讓他們自行領悟，而自己則準備進入天龍八部的小屋修煉。

顧君走進佈著天龍八部陣的小屋，盤腿坐下，明顯感受到自己即將突破的氣息。他決定今天好好修煉，坐在天龍八部陣的正中央，專心吸收靈氣，全力運行《洗髓經》。他將一顆靈石放在身旁，確保整個過程不受外界干擾。顧君瘋狂吸收周圍的靈氣進入體內。突然，顧君體內發出震耳欲聾的聲響，奇經八脈帶來前所未有的撕裂感。

小和尚在顧君識海中告訴他：「不用害怕，這是正常現象。因為你即將踏入築基境界的後期，奇經八脈將經歷一次撕裂和重生，變得更堅韌、更寬闊。所以你必須忍受這次的痛苦。」

顧君明白這是必經之路，他一直忍受痛苦，運行《洗髓經》，將靈氣轉化為真氣內力，在奇經八脈中運行並填滿丹田。當然，丹田也在撕裂，即將突破目前的界限，使顧君變得更加強大。

顧君全身汗流浹背，臉色蒼白，雙手顫抖，目光卻異常堅定。小和尚一直在識海中鼓勵他渡過這個考驗。

經過幾個小時，顧君的奇經八脈和真氣內力一鼓作氣地突破了築基七層的限制，發出數聲轟響，周圍的靈氣瘋狂湧入顧君體內，變成真氣內力。丹田一瞬間擴大了十多倍，顧君感受到自己已突破築基七層，丹田像波濤洶湧的大海，能容納更多的真氣內力。這對他未來的修煉大有幫助。

虛竹和其他三個長老坐在院子中，感受到周圍的靈氣完全被顧君吸收。他們暫停了自己的領悟，盤腿坐著，認真守護著顧君，確保他順利完成突破。

又過了一個多小時，顧君逐漸穩定自己的氣息，將狀態穩固在築基七層，細心內觀奇經八脈和丹田的狀態，微笑著說：「終於到達這個境界了，現在只差兩個小境界就能達到築基大圓滿。」

小和尚續道：「是的，這一切都不容易。你只剩下不到兩年的時間，還需要突破兩個小境界。所以讓我們一同努力吧！」

第一百四十七章 ❈ 奇特感悟

經過一個週末的修煉，顧君終於成功突破了築基七層，讓他整個人的氣場煥然一新。他能感受到自己的奇經八脈變得更加堅韌，丹田也比之前更寬闊，實力也明顯提升許多。

第二天，顧君按照平常的日程上中文課，中文老師是陳老師，她是一位年約五十歲、身材略為豐滿的婦女。

顧君對華國文學和華語一直很感興趣，陳老師今天講了一個「知之為知之，不知為不知，是為知也」的故事，讓顧君深受觸動。這句話傳達了一個簡潔而深刻的哲理：強調知識本身的價值，真正的知識不僅僅限於對某個特定事物或概念的理解，更是對整個世界的認知。更是自我價值的確定，真正能瞭解自我才是大智慧的體現。

這引發了顧君對佛學的思考，他開始明白知識追求和佛學之間有著密切的關聯，都是在追求真實知識和智慧。

佛陀曾說：「知識的追求是解脫和覺悟的一部分。」佛法教導我們通過智慧和洞察力超越痛苦和無明，實現真正的解脫。這種智慧不僅僅是外在世界的知識，更重要的是對內心的瞭解。佛陀追求內在的智慧和覺悟，超越生死輪迴的束縛。「知之為知之」可以被視為佛教思想的一種表達，強調知識是一種內在的覺悟，不僅是對外在世界的瞭解，還通過瞭解自己的不足，追求真正的知識來超越，這就是智慧。

陳老師簡明扼要地表達了這一觀點，讓顧君深受震撼。他一直追求的知識並不僅限於表面上的書本知識，更是在追求智慧。智慧的追求主要在於覺悟自己的不足，覺悟世間萬物的道理。這是多麼深奧的道理啊！

顧君逐漸體會到生命的奇妙之處，他開始意識到每個人都是獨特的存在。他不再與他人比較或競爭，而是尊重每個人的差異，並從他們身上學習。他更注重與他人的交流和溝通，願意聆聽他人的故事和經歷。

他明白每個人都擁有自己的人生觀，這使社會更加多元化，也為他帶來了更多的啟發和機會。他也意識到生命是一場奇妙的旅程，而智慧和覺悟的追求是指引他的指針。他對未來充滿希望和熱情，願意持續學習、成長和探索。在這個奇妙的旅程中，他明白生命的價值不僅體現在個人的成就上，更體現在對他人的影響和對社會的貢獻上。

他相信通過持續學習和對智慧的追求，每個人都能發現自己內在的光芒，在這廣大而美麗的世界中創造出屬於自己獨特的價值。

原來佛教一直強調的是眾生皆苦，而顧君一開始所領悟的「解救眾生，普渡眾生」其實是要傳達「授人以魚，不如授人以漁」的道理。

第一百四十八章 數學比賽（二）

在這個月裡，顧君過著充實的生活，同時也持續著學業及修行。他們數學比賽的隊伍每週都進行著訓練，積極為即將到來的比賽做好準備。顧君經常鼓勵隊友們：「我們要盡力而為，但也要保持平和的心態，一切會自然而然地發生。」

整個團隊中，兆依茗顯得特別淡定自在。當然，在練習的過程中，顧君也特別關心著莊保善和招京陽的數學團隊。大家通過多次學術交流，彼此之間的感情也越來越深厚，終於迎來這天的數學比賽。

比賽在上午的第一節課開始。比賽分為幾個回合，首先是個人賽，每個隊伍的參賽者都收到一份試卷，將五個人的分數相加，成為團隊的總分，與其他隊伍進行比較。

這些數學題目非常困難，但幸運的是，顧君的團隊在第一輪比賽中獲得第二名。陳亮的團隊則取得第一名，因為他們有兩位高年級的高材生表現出色，分數遠超其他同學，成功提高團隊的總分。

第二回合比賽是團體賽，每一邊派出一位參賽者，同時解決同一個問題，看誰能最快計算出答案，時間最短且準確。由於是單循環制，雖然陳亮的團隊在上一輪比賽中勝出，但在這回合敗給了對手。而顧君的團隊則在這合作中獲勝，在第二輪比賽中得到最高分，使他們獲得第一名，莊保善也成功進入前三名。

在計算總分時，顧君的團隊獲得了第一名，這使伍浩家和蔡青弟非常激動。而陳亮的團隊每個人都表情沮喪，沒想到即使加入兩位高年級的學生，他們仍然無法贏得比賽。

「團結就是力量」的道理在這次比賽中得到了充分體現。大家明白勝利並不是最大的喜悅，而是這次比賽大大增強了他們的自信心，成功地讓本地同學對他們刮目相看。

學校向獲勝團隊的每個同學發放了獎學金，顧君明白港島社會鼓勵積極努力的價值觀，只要付出努力就會獲得相應的回報。他明白自己必須堅持下去，努力奮鬥，讓自己的人生更加出色。比賽結束後，顧君團隊和莊保善的團隊一起去了學校附近的餐廳慶祝，大大增進彼此的情感。

莊保善拍拍顧君的肩膀說：「顧君，你們真厲害，你們能夠拿到第一名！我們跟你們的分數還差好幾分呢！」

顧君笑了笑說：「其實我們相信彼此。陳亮團隊的實力也很強，尤其是他們有兩位高年級的支持。」

莊保善接著說：「看來以後我們要多向你們學習。我們一起學習、一起努力吧！

最重要的比賽不是今天的競賽，而是明年的全港會考，我們都要考出好成績！」

大家在愉快的下午茶聚會中高高興興地討論著，成功地增進了彼此的情感。

第一百四十九章 溫暖小窩

這天，顧君像往常一樣放學回到家，卻突然被包租婆叫住說：「你爸爸打電話回來，他找你。」

顧君急忙去走廊接起電話，爸爸告訴他說：「小君，你到我們公司附近的永興街街口，我在那裡等你，我們去看看房子。」

顧君問：「為什麼要看房子？」

爸爸回答：「快來吧，見面再說，記得帶上妹妹。」

顧君帶著妹妹一起來到公司附近的街口，爸爸媽媽已經在那裡等他們了，旁邊還站著一個看起來像四十多歲的男人。

他們見到顧君和妹妹過來後，爸爸對那個人說：「陳先生，人齊可以走了，去看看吧。」

跟著陳先生，大家走到一個單棟的小樓裡，進到一間小房子，面積約有三十來平米，兩間臥室和一個小客廳。

爸爸問顧君：「小君，你覺得這個房子怎麼樣？」

顧君內心非常激動，終於擁有自己夢寐以求的房間和獨立客廳，爸爸媽媽也有自己的房間。顧君說：「太好了，但是這個房子會不會很貴？」

爸爸回答：「這些年來，家裡的收入加上我做一些兼職，存了點錢。我們考慮買下這個小房子，有一個屬於我們的地方，明年你要參加考試，這樣你可以更專心讀書。我們會節省一些其他開支。」

對於顧君來說，父母的愛是無價的。他們高高興興在小房子裡逗留一陣子，爸爸和媽媽商量後決定買下這個小房子。爸爸親自裝潢，將大房間留給妹妹和顧君，他跟媽媽住在小房間，這樣兩兄妹可以專心溫習，不受外界干擾。

爸爸媽媽真心希望給顧君和妹妹最好的資源，讓他們專心讀書。

正式搬家的那天，包租婆非常高興，握著爸媽的手，摸了摸顧君的頭說：「小君，你爸媽很辛苦，他們為你們付出很多。你一定要努力學習啊！雖然你們搬走後，我要找新租客，但我很為你們高興，以後有空回來看我！」

她激動得淚流滿面，真心為顧君一家感到高興！

爸爸媽媽非常感激包租婆這些年來的照顧，表示衷心感謝。顧君也跟包租婆說：「婆婆，您要保重身體！我一定會回來看您的。我們可以多在觀音堂聚會，一起討論佛經，領悟佛法的真理，好嗎？」

包租婆答應說：「好啊！你們的新家離我也只有五分鐘路程，很是方便！」

顧君心裡想，這是多不容易的努力，但更重要的是，這是父母多年辛勤工作的成果。他決心好好珍惜這個小房子，相信佛祖會給予最好的安排！

第一百五十章 ◈ 精英班考試

顧君家裡的生活雖然逐漸好起來，但父母為了生活得常常加班，每個月的房貸讓爸爸有些吃不消，這讓顧君更加明白他要努力讀書，將來回報父母的辛勞。

時間一天天過去，修行和上學成了顧君的日常。終於到了精英班的第一次期中考試。顧君明白自己和其他同學之間的差距，所以他加倍努力，保持自己的學業優勢。不管是英語、語文、數學、化學還是物理，顧君每天都拼命溫習，希望能在精英班裡站在前排，追求「一分之差，擊敗百人」的目標。

終於迎來了這次期中考試，試卷明顯比以前高深，這讓顧君感到有些吃力。結果在精英班裡考到全班第八的成績。顧君告訴自己：這個成績不錯，比想像中好，因為同學們的學習能力都非常出色。

然而，顧君發現好朋友薛海建的表現不如之前，只考到了十名以外的位置，這讓他非常擔心。

他猜想薛海建可能因為教會活動導致分配給學業的時間不足，無法充分溫習。其他幾位同學都考得很好，特別是兆依茗，她考到了全班第五名。這幾位來自建福省的同學在這次考試中表現出色，佔據了全班前十名中的五個位置，讓他們在本地同學面前顯得自豪，成功擊敗了嘲笑！

隔壁班的莊保善和招京陽也都考進了全班前十名，讓顧君為他們感到非常高興！

莊保善見到顧君時說：「你真厲害啊，一來就考進精英班的前十名，我們都不如你厲害！」

顧君笑著回答：「哈哈，這純粹是運氣！」

莊保善笑著說：「這不是運氣，這是實力，我們都知道你有多努力，你比其他人更加用功！走吧，今天去我家玩好嗎？」

大家都說：「好啊，就去你家玩吧！我們一起吃披薩，慶祝考試成績！」顧君和朋友們興高采烈地度過了一段歡樂時光，終於能夠放鬆心情，盡情享受！

當顧君回到家時，告訴了父母這次考試的排名，父母對他說：「小君，這一切都是佛祖的安排，不要太有壓力，只要盡力就好！我們知道你已經很努力，我們感到很欣慰！」

妹妹立刻說：「爸爸媽媽，你們不用擔心，哥哥可厲害。學校很多人都說哥哥是讀書的材料！」

顧君摸了摸妹妹的頭說：「這世界上沒有天才，即使有，也得靠努力。只有懂得努力的人才是真正的天才。妹妹，你也知道，我每天晚上都很用功讀書，這是努力的成果，知道嗎？所以你也要努力哦！」

第一百五十一章 ❈ 確定目標

這天，顧君放學後去爸爸的公司接小妹回家。在公司裡，他聽到父親的同事們剛好在談論他的考試成績，恰巧也碰到了顧雄。顧雄走過來問顧君說：「顧君，你最近成績怎麼樣？我聽你爸爸說你轉到新學校後進了精英班，而且在期中考試成績名列前茅。」

顧君笑了笑說：「還行吧，比你差一點點吧。」

顧雄接著說：「那是，我現在是全班前三呢！再過五個月就要參加全港會考，我預計這次……我會拿很多個甲等！一科甲等五分計算，一個乙等四分，一個丙等三分。我至少能拿三個甲等，加三個乙等，起碼二十七分吧，那是一個相當高的分數。」

顧君說：「那我祝你成功，希望你能拿到三十分！」

顧雄接著說：「三十分有點困難，但三個甲等和三個乙等應該沒問題。嗯，你也要努力啊！」

其實顧君暫時還沒有計算自己的分數，但聽到顧雄這樣推算自己在會考中的成績，他心裡開始有些想法。

旁邊幾個公司同事也說：「顧雄讀書真厲害！大家都要向他學習。」

之前嘲笑顧君的老闆也說：「顧君，你看，雖然你考上那所學校有些運氣，但你要跟顧雄好好學習，這是實力啊！不能每次只是靠好運氣。」

顧君沒有回應，只是默默地接走妹妹。其實父親怎麼可能聽不到公司裡的閒言閒語呢？只是為生活，他不得不忍氣吞聲。

回到家的晚上，父親對顧君說：「小君，別放在心上，那些同事只是無心之言，他們並沒有特別的意思，你不要在意。」

顧君接著說：「父親，你放心，我不在意，但我會用行動來證明！」

父親問：「什麼意思？我聽不明白。」

顧君回答：「如果顧雄真的能考到二十七分，那我就能考到三十分，如果到我考的那一天我考不到三十分，我就不回來了。」

父親驚訝地說：「小君，不要亂說話，什麼叫不回來？」

顧君笑了笑，對父親說：「難道你覺得你的兒子比別人差嗎？」

父親也笑了笑，說：「你肯定不會比別人差，但別把這當成負擔。」

顧君認真地說：「我只是想用實際行動告訴大家，你的兒子不會比任何人差！這不是爭強鬥勝，也不是我們修行者該有的態度。只是我們時刻要遵守這個世俗世界的既有規則，包括金錢、成績、家庭等，雖然不是我們追求的目標，但還是得安排好。」

父親笑了笑，說：「我知道你的能力，但不要把這當成壓力。」

顧君說：「我從來不覺得是負擔，爸爸，三年前我們來到這裡時，我連一個英文字都不認識，但我現在取得不錯的成績。這一切都是佛的安排，但佛陀也告訴我們，世上沒有免費的午餐！即使有，我們也要積極爭取！對吧？」

父親聽到這話大吃一驚，說：「小君，你真長大了，你懂事了。」

顧君笑了笑說：「爸爸，這道理我早就明白！」

第一百五十二章 ❈ 理解尊重

顧君一直都想找薛海建好好聊一聊。

顧君和薛海建是多年的好朋友，但最近顧君注意到薛海建的成績有所下滑。他們曾經一起努力學習，但自從薛海建開始花越來越多的時間在課外的生活，似乎時間分配不均，導致學業受到了影響，成績一落千丈。

這一天，顧君決定向薛海建說：「你這週五有空嗎？我們一起吃飯吧！」

薛海建欣然答應道：「好啊，我們確實很久沒有聚在一起了。」

週五中午吃飯的時候，顧君問：「你最近的成績怎麼不太好呢……究竟發生了什麼事？」

薛海建說：「是啊，我好像有點落後了，你現在成績太厲害了，我越來越追不上你。」

顧君說：「不是我厲害，其實我們的水平一直都是差不多的，好像是你落後了吧，你也知道，我們倆的水平不應該有這麼大的差距！」

薛海建笑了笑說：「成績不是最重要的，我現在很多時間都是在教會裡面，那邊有很多人等著我的幫忙。」

顧君接著說：「我明白每個人都有自己的信仰，但作為一個學生，我們是不是要先把自己的學業做好呢？你是不是花了太多時間在那邊呢？我明白你追求修行的意識啊！」

薛海建說：「那是一個非常重要的信仰。我甚至可以為了這個信仰而願意放棄學業，但我會再考慮一下如何更好的分配時間！這應該是我個人沒有處理好的問題，謝謝你提醒我。」

顧君明白自己想要表達的意思已經傳到，也很高興薛海建會考慮重新分配時間。他也明白自己也有佛教給予的信仰和希望，但很多事情都是自然而然的發生。

然而，顧君漸漸意識到，信仰和價值觀是很個人的選擇，而且不同的人有著不同的生活重心。他明白自己無法改變薛海建的信仰和奉獻，也無法將自己的觀點強加給別人。

顧君決定接受現實，尊重薛海建的信仰選擇。他開始思考佛教的教義，明白到佛教只能渡有緣之人，無法改變沒有緣分的人。他明白自己已經盡力勸說這位好友，但他也意識到人的信仰和觀念深深根植於內心，很難被輕易改變。

顧君決定放下對薛海建信仰的困惑，繼續與他保持友誼。他明白每個人都有自己的道路和追求，尊重他人的信仰是理解和包容的一部分。他只能安慰自己：佛曰無緣之人無法改變。他只能虛心接受這個事實，儘管他們擁有不同的價值觀，顧君衷心希望能與薛海建保持友好的關係。

第一百五十三章 ❖ 回鄉探親

隨著農曆新年的臨近，父親興致高昂地向眾人提議說：「今年農曆新年，我們一起回鄉看看親人，好嗎？我們已經好久沒回去看他們了！自從上次爺爺去世後，我們也沒有回去過，這次趁新年回去探望你的兩個姐姐吧！」

媽媽馬上舉手表示同意說：「好啊，我們回去看看吧。都一年多沒見到兩個女兒了，上次回去後也沒有好好跟她們聚聚。小君，你怎麼想？」

顧君說：「好啊！這次回去後，我就要全力準備明年的全港會考了。」

小妹非常開心地說：「可以回去見姐姐們，太好了！」

隨後，父親對顧君說：「小君，這裡有一千塊錢，你可以買一些小禮物給姐姐、堂兄弟們，還有那些你小時候的玩伴。」

顧君連忙搖手地回答：「爸爸不用，我自己有些零用錢。我不想再增加您的負擔。我知道您非常體諒我，才會給我錢去買禮物。」

爸爸仍然說道：「小君，我知道你有些存起來的零用錢，但你還是拿著吧，可以買一些給鄉下的小夥伴們。他們的生活比我們還要困難。雖然我們並不是很富裕，但我們可以為他們帶去一點溫暖和祝福。」

顧君明白爸爸的心意。他知道如果拒絕收下這筆錢，爸爸會心裡不安。他開始思考應該給老家的兄弟姐妹們買些什麼禮物呢？

顧君說：「小妹，你想買點什麼給兩個姐姐呢？」

小妹說：「哥哥，兩個姐姐什麼都不缺，給她們買些吃的吧！」小妹從小到大都是這樣，她腦袋裡只有吃的。

顧君說：「姐姐們不需要吃的，你想想給她們買點什麼吧！」

旁邊的媽媽說：「小君啊，我覺得你可以考慮一下你大姐……她溫文爾雅，你二姐則性格剛烈，不如按照她們的性格去決定買甚麼禮物吧？」

其實媽媽說的很簡單，但這激發了顧君內心的一個想法：大姐和善，二姐剛烈，是不是代表了一些事情呢？每個人都有自己的想法，但能保持家庭和諧關係是最重要的。這次回鄉探親不僅是看望親人，更是一個機會讓他們更加瞭解和關愛彼此。選擇適合姐姐們個性的禮物，也讓顧君更加意識到每個人的獨特性格和需求，要以愛和關懷回應他們。

第一百五十四章 親情手信

顧君收下父親的一千塊錢後，默默算了算自己口袋裡的零用錢，加起來總共有一千五百元。

他一直想給兩個姐姐買點東西。回想過去，顧君在七歲前都沒有自己的鞋子，所以對他來說，第一雙鞋子非常有意義，代表著他的成長和回憶。作為家中唯一的男孩，他直到七歲才有了第一雙鞋子。而他的妹妹，因為家境逐漸好轉，很小的時候就擁有了自己的鞋子，但兩個姐姐直到九、十歲才有鞋子穿。顧君決定買兩雙漂亮的運動鞋給兩個姐姐，表達他對她們的愛和感激之情。同時，他也為幾個堂兄弟姊妹買了一些衣服和手提卡片機，希望給他們帶來驚喜和快樂。

終於，期待已久的日子到來，顧君一家人一起回到故鄉探親，也共同慶祝農曆新年。顧君能夠給每位長輩親戚拜年，享受著溫馨的家庭氛圍。

在這段時間裡，顧君也送上了他精心挑選的禮物給堂兄弟姐妹和伙伴們。目睹他們打開禮物時的驚喜和喜悅，心中充滿滿足和幸福。這些禮物不僅是物質上的交流，更是對他們的愛和關懷的表達。大家一起穿上新衣服，拍照留念，記錄下這美好的時刻。

在農曆新年期間，顧君與堂兄弟姐妹們一起玩得相當開心。他們一起放鞭炮，眼睛裡閃爍著興奮的火花；一起燃放煙花，煙花在夜空中繪出美麗的燦爛星光。顧君已經很久沒有享受到這樣的樂趣，他感覺自己回到童年時光，充滿無盡的歡笑和喜悅。

更重要的是，顧君能夠和堂兄弟姐妹一起玩樂，互相關心彼此的生活。大家都非常關心顧君在港島的生活和學業成績。在這個大家庭中，每個人都知道顧君是一個非常努力且成績優秀的學生，大家一直鼓勵他繼續保持。顧君感受到家人對他的關愛和鼓勵，這讓他更加堅定自己的目標和前進的勇氣。

每天晚上，家人們都坐在一起，顧君分享他在學校的點滴，講述他的成長和困難。堂兄弟姐妹們給予他鼓勵和支持，他們一起討論學業和人生各個方面，激發彼此成長的動力。

在這段時間，顧君也抽空去了龍山寺，探望了虛木。虛木見到顧君非常驚訝，說：「師祖，我現在看不透您的境界了，您到底達到了什麼層次呢？」

顧君回答說：「我已經到了菩薩道八階。」他一眼就看出虛木正處於菩薩道第七階，而且有突破的氣息。

顧君告訴虛木：「虛木，我來講解給你聽一些關於菩薩道第八層的領悟。」他連續兩天和虛木一起，解釋菩薩道八階佛法的真義，為虛木未來的突破奠定堅實的基礎。

虛木感激地對顧君說：「謝謝師祖，我今生能夠遇到您，真是三生有幸啊！」顧君在故鄉度過農曆新年，再次感受到了親情的溫暖，也體會到情義的重要性。他明白自己要變得更強大，才能夠改變自己，改變身邊的人，甚至改變眾生。

第一百五十五章 ❖ 一家團聚

父母帶著顧君和小妹回到鄉下，度過一個愉快的農曆新年。他內心充滿著感激，終於有機會回到過去的地方，再次與曾經的親人們相聚！

返回港島的那一天，顧君的父親告訴他說：「大姐和二姐也會跟我們一起回港島。雖然她們都已經在工作，但特地請了假，計劃和我們一起回港島，待上一個星期左右。」

小妹聽到這消息非常高興，能有機會與家人更長久的團聚，而且可以帶姐姐在港島遊覽。最近這一兩年，大家見面的機會非常有限，每次都只有短短的幾天。

一家六口搭長途巴士從老家前往港島，這也是兩位姐姐第一次到港島。

事實上，對於兩位姐姐來說，三百尺的房子實在是有些擁擠。父母將自己的小房間讓給了她們，讓大姐和二姐一起共眠一個星期，自己則在客廳鋪張床墊。這種無私的舉動在顧君心裡留下了深刻的烙印。

在這一個星期裡，顧君和小妹帶著兩位姐姐到處參觀，父母也帶他們去不同的景點觀光。顧君還向大姐展示了他之前在比賽中獲獎的文章，大姐知道顧君的文章被報紙刊登並獲得稿費，感到非常高興！

大姐默默地向顧君要了一張紙和一支筆，走進客廳後，默默地寫下了一篇文章。一個小時後，大姐把這篇文章遞給了顧君，說：「小君，這是我寫的文章，題目是《豬八戒照鏡子》。」

顧君驚訝地看著姐姐，發現她的中文水準非常好。她雖然是農民出身，但她內心是一位有才華的文人。

大姐對顧君說：「你幫我把這篇文章投稿到你之前發表的報紙，看看他們願不願意刊登。」

顧君答應：「好的。」

之後，顧君把那篇文章寄給報紙，幾天後收到了一張支票。當顧君拿到稿費的支票時，他將它交給了父親。父親非常高興地將支票放入錢包，一直沒有兌現，因為他認為這是值得紀念的，對子女成就的肯定。當然，大姐也感到非常高興。

一個星期後，顧君依依不捨地與兩位姐姐道別。雖然她們也可以考慮在港島生活，但她們兩人在華國接受教育並已有工作，來港島生活可能不適應，她們更喜歡在老家生活，尤其是大姐已經開始談戀愛了！

大姐對顧君說：「小弟，你要好好讀書。你是家裡唯一的男生，家庭的未來發展都寄望在你身上，我們這些女孩子無法給予太多幫助，你一定要照顧好自己的身體，健康是革命的本錢。」

顧君點了點頭，說：「放心吧，大姐！一切都會有最好的安排！」

第一百五十六章 朋友之情

在老家過年時，顧君的大姐和她的男友許峯一起參加了家庭聚會，藉此讓大家更瞭解彼此。許峯身材高高瘦瘦，皮膚微黑，看起來有點靦腆，給人濃厚知識分子的感覺。他比顧君還要高出五到七公分。許峯緊張地伸出雙手，與顧君的父母熱情地握手，儘管他的緊張感難以掩飾。

大家坐下來，一起喝茶聊天。當母親得知許峯來自附近更貧困的鄉村，心中曾升起了一絲擔憂，擔心女兒的未來生活會更辛苦。父親則對許峯的求知慾望和努力向上表示讚賞，他相信許峯能夠在國家銀行工作，展開自己的事業，將來一定會有所成就的。父親支持他們的戀情，表示全力支持他們的選擇。

許峯對顧君說：「我喜歡你姐姐，她給我一種人見人愛的感覺，皮膚白皙有氣質，非常可愛。」

對他們來說，現在在老家談戀愛只是做朋友，離結婚還很遙遠。他們剛開始工作，生活仍有些拮据。顧君心想，只要大姐找到自己喜歡的人，他真心希望她能過上幸福美滿的生活，這就足夠。

許峯自信地對父母說：「請您們放心吧！我會努力工作，將來會有出色的表現，給她一個美好的生活。」

許峯知道顧君一家是華僑，他們在當時年代較有地位和身份。顧君的父親雖然在港島生活並不富裕，但比起華國大部分農村家庭還是要好許多。顧君家每個月能省下的錢已經比許峯的收入多好幾倍。

顧君的父親對許峯說：「只要你們真心對對方好，我們會全力支持你們。我們希望你們早點考慮結婚，回到港島後我們一家人會討論這個事情。等你們工作穩定了，就是組建家庭的好時機。」

顧君感到欣慰，他真心希望大姐在老家也有人照顧，順便照看二姐。他相信婚姻是緣分，對大姐和許峯的未來充滿樂觀期待。他希望他們能共同努力實現夢想，擁有幸福美滿的生活。他知道，雖然目前生活可能有些困難，但只要彼此相互支持，努力工作，未來一定能建立美好的家庭。

在那次家庭聚會後，顧君的大姐和許峯更加瞭解彼此，也分享大家的夢想和目標。大姐發現許峯不僅追求知識，而且勤奮堅韌。許峯也發現大姐不僅外表可愛，還內心善良聰明，有自己的主見。隨著時間推移，他們的感情日益深厚。他們一起度過了許多困難和挑戰，相互支持和鼓勵對方。

第一百五十七章 ❈ 真相透露

一家人在港島接待姐姐們度過熱鬧的新年後，顧君開心地給程曉東打了電話，希望能安排一次一起修行的活動。同時，他也想邀請莊保善、伍浩家、蔡青第、兆依茗等人一同參加，因為他們對自己來說很重要，希望能引導他們進入佛教的世界。

週日早上，顧君來到離島，走上通往觀音堂的小路。他感受到大自然的寧靜和祥和，彷彿與佛法息息相關。他遇到了虛竹和其他修行夥伴，一同進入觀音堂。堂內散發著濃郁的檀香味，顧君開始在天龍八部陣裡繼續修行，努力提升自己的修為。

下午，他去了馬寶山小寺廟，指導程曉東、陳晞和吳展邦等人的修行領悟。在分享中，大家帶著微笑，聚精會神地聆聽，眼中透露出對佛法真諦的渴望。顧君耐心解答他們的問題，引導他們在修行道路上更穩健地前進。程曉東、陳晞和吳展邦的眉宇間逐漸閃現出對智慧的領悟，他們彷彿揭開了一層層真理的面紗，即將突破到更高的修行層次。

顧君指導了大約兩個小時，他在學校附近的餐廳約了莊保善，打算介紹她們給程曉東等人認識。

莊保善興奮地眼睛發亮，她表情中帶著難以掩飾的好奇。她忍不住對顧君說：「顧君，你的朋友們都好特別啊！他們身上散發著一股獨特的氣質。」

顧君笑著回答：「是啊，莊保善，他們都是修行者。他們在修行的道路上付出了很多努力，不斷探索內心的智慧和慈悲，所以他們散發著與眾不同的能量。」

莊保善聽到感到驚訝，好奇地問道：「他們是通過燒香拜佛修行的嗎？」

顧君搖頭微笑：「不僅僅是燒香拜佛那麼簡單。他們通過專注地理解佛法真諦，進行法術上的修煉。這些修行讓他們超越常人，像是能夠跳到十層樓那麼高。」

莊保善驚嘆道：「真的有這種事情嗎？我很想親自見識一下！」

顧君笑著說：「下個週日我帶你們去我們平常修行的地方，讓你們親身體驗修行。既然我們有緣分，我希望你們能更理解我們修行界的生活。歡迎你們加入我們的修行團隊，好不好？」

大家都興致勃勃地討論著下一次修行的計劃，約定下個週日再次聚集，共同繼續修行之旅。

第一百五十八章 ❖ 團隊修行

程曉東安排了大家週日下午在餐廳見面。

這一周，顧君反復思考著每個人的性格、優點和缺點，他真心希望能將身邊的朋友引入自己的門派，壯大團隊，對抗邪惡力量。他有很多想法想與他們分享。

週日下午兩點，大家準時到達餐廳門口，一起前往馬寶山後的小寺廟。由於顧君要顧及同學們，他不能像平常一樣輕易使用輕功，只能按照平常爬山的方式前往這個隱蔽的小寺廟。

抵達小寺廟後，顧君領著大家向觀音三拜，程曉東、陳晞和吳展邦也跟著拜了三拜。莊保善等人在家裡經常跟家人一起燒香拜佛，知道這是對佛教的禮節。

顧君嚴肅地說：「我今天想告知大家一些事情。我自己是一個修行者。這個世界無比廣大，我們常常錯誤地以為我們是地球上的主宰，可以為所欲為，將自己的快樂建立在他人痛苦之上。但事實上，我們只是宇宙中微不足道的存在。無論是港島、華國還是整個地球，我們所處之地都極其渺小。我們認為每天的努力工作會讓我們的智慧提升到另一個層次，但實際上，我們所做的只是維持生存，並未對這個世界做出實質貢獻。我告訴你們，這個世界無垠廣大，同時存在著多個平行世界。」

大家認真聆聽顧君。顧君繼續說：「程曉東，你先展示現在的修行和修為。」

程曉東說：「好的。」

他在眾人面前自信地踏出一步，真氣外放，升到空中約五米高，然後緩慢回到地面。

顧君說：「這只是初步展示。程曉東、陳晞和吳展邦已經和我一起修行了好幾個月，現在只是讓他們稍微展示一下自己的功力。」

顧君解釋說：「我們都是佛修之人，修佛不同於平常的燒香拜佛。我們必須理解佛經的真諦，理解佛的修行方法。這些經驗將鞏固我們對佛教真義的理解，同時我們也會不斷進行法修的練習，提升身體的能量。剛才程曉東展示的只是法修後的能力而已。你們想學嗎？」

莊保善和蔡青第驚訝地說：「太奇妙了！我們以前只是和家人一起燒香拜佛，從未想過還有這樣的修行！」

顧君對他們說：「燒香拜佛只是眾生界的基本形式。我們要認真地參透佛的真義，理解法術的使用方法。你們想加入我們的修行團體嗎？」

眾人互相點頭，堅定地說：「我們想加入，你能帶著我們一起修行嗎？」

顧君嚴肅地說：「你們可以加入一起修行。我只有一個條件，你們必須遵從普渡眾生的思想，盡力救苦濟貧，勇敢對抗邪惡力量。我可以安排一起去離島的觀音堂，讓你們參拜眾長老，他們會積極引導你們踏上修行之路。程曉東會為你們安排一切。」

眾人感謝顧君，表示一定會努力修行。

第一百五十九章 團隊壯大

星期天的天氣非常好，顧君帶領著同學們搭上渡輪前往離島的觀音堂。微風吹拂著，大家欣賞窗外美景，大約半小時後終於到達離島，前往山上的觀音堂。虛竹等人在門口恭迎顧君一行人的到來。寒暄之後，虛竹帶領著眾人走向後院。

顧君簡單介紹彼此，莊保善、伍浩家等人驚訝地發現虛竹和長老們對顧君非常恭敬，稱他為師祖，這讓他們相信顧君在修行界享有崇高地位。

顧君向虛竹提議：「我想邀請這三位新同學加入我們的自在門一起修行，希望你可以引導他們。」他期待著這一天的到來。

顧君對虛竹說：「我希望你能用更多時間為他們講解佛法兩修的知識，幫助他們打下堅實的基礎。你修行高深，是最合適的引導者，能帶領他們對佛教有更深入的體悟，這對他們未來將大有幫助。」

虛竹恭敬地合十說：「是，師祖。」

莊保善等人立刻表示感謝：「謝謝虛竹長老和顧君。我們一定會努力，不會辜負你們的期望！」

顧君感到十分欣慰，能讓這幾位有緣分的好朋友一起修行，讓團隊更強大。虛竹等人的豐富經驗和高深修行能夠教導年輕一代，他們將擁有智慧和力量去對抗邪惡修行者。顧君清楚這是長期的鬥爭，他要建立一支精銳部隊，持續對抗邪惡勢力。

顧君說：「虛竹，請你帶他們進行初步的佛法修行。」

接著，顧君與濟生一起進入天龍八部陣的小房間。顧君對濟生說：「我剛剛回老家，也去看了虛木。他身體健康，但那邊情況比較複雜，只能讓可信賴的人處理。他希望你能回去幫他。我這邊沒有特別事情要你做，你可以按照自己意願辦事。」

濟生恭敬地回答：「是，太師祖。」

顧君繼續說：「現在我們有這些夥伴和年輕中堅力量，他們會努力修行。你回去幫虛木吧！對他來說，這也是多了一份力量。那邊人手相對較少。這邊現在有虛竹等長老和新一代修行者，我們的力量更強大！」

濟生接著說：「是，太師祖。我明天就回去。」

顧君說：「好，就這樣決定。濟生，你去吧，我要開始修煉了。」

濟生答道：「是！」告退並關上門。

顧君再次盤坐在天龍八部陣中，開始運行功法。他默念著熟練的《洗髓經》，感受到突破的力量湧現。他知道也許在一兩週內，他就能突破到築基八層。目前他在菩薩道八階和築基七階，對佛教的理解也更深廣了。

此時，識海中的小和尚對顧君說：「顧君，你現在可以翻開《蓮華妙法真經》的第三章！你可以試試看！這也是最後一章了。」

顧君聽從指示，一邊繼續修煉法修，一邊用神識化成無形之手翻開《蓮華妙法真經》的第三章。

第一百六十章 ❖ 輪迴之苦

顧君在小和尚的引導下，成功用神識化為一隻無形之手翻開《蓮華妙法真經》的第三頁，上面寫著四個字：「輪迴之苦」。

小和尚直接問顧君：「你知道輪迴之苦是什麼意思嗎？」

顧君說：「我知道輪迴是什麼，也知道輪迴之苦，但對其中的意思尚未完全理解。」顧君坦誠地告訴小和尚。

小和尚接著說：「這是一個重要的突破點，這個佛禪對你現在來說非常重要。在解釋輪迴之前，我先給你講一個小故事。」

小和尚不等顧君回答，舉手一揮，顧君發現自己彷佛置身於一個小村莊。他變成了一個透明的觀察者，看到村莊裡有一個名叫悟空的年輕人，他在這個小村莊度過了他的一生。儘管悟空的父母都是虔誠的佛教徒，但他對佛教一無所知，總覺得生活中缺少某些東西。

有一天，悟空看到一位老僧人在村莊的榕樹下講解關於輪迴和解脫的故事，提到每個人在死亡後都會再次投胎，根據上一世的善惡業力決定下一個生命的形式。悟空對這番話深感興趣，他覺得其中包含了真理和解脫的道路。於是，悟空毅然離開村莊，踏上了一段獨自修行的旅程。在這個旅程中，悟空遇到了不同的師父，他們教導他禪定和智慧的開發，這些教導對顧君來說都是極具震撼性的。

最終，悟空通過修行瞭解了生命的本質和輪迴的運作，領悟了真理並體驗了深層的覺醒，使他明白無常、無我和苦的真相。他明白業力的力量如何破除輪迴的束縛。

悟空回到家鄉，與村莊的人分享他的修行經驗和證悟，教導他們實踐善行、培養智慧，超越輪迴的循環。悟空的領悟、智慧和慈悲幫助許多受苦的眾生。他不再受輪迴的束縛，而是引領他的信眾走向解脫的道路。他們的心境得到正面轉變，開始體驗內心的平靜和智慧。

顧君一直在旁邊觀察悟空從一開始的領悟到最終看破輪迴的過程。突然間，小和尚小聲問他：「你看到了什麼？」

顧君回答道：「我看到了領悟，我看到了生生世世的輪迴，我看到了因果循環！」

小和尚接著說：「這些都是正確的，但還有一些基本的輪迴理念你必須理解。佛義提出了六道輪迴，即六種不同的存在形式，每個人根據自身的業力最終輪迴於六道之間，包括人間道、畜生道、餓鬼道、地獄道、阿修羅道和天道。每一次的輪迴就是一次轉世，每個人在肉體死亡後都會投胎到不同的存在形式中。你不會立刻轉世，而是受到個人業力的影響。簡單來說，你這一生所做的事情、善惡決定了下一個生命的特徵、環境和經歷。這是一個痛苦的過程，因為每次輪迴都要經歷生老病死，要跳脫輪迴之苦，只有通往天道的涅槃解脫。

佛陀的最終目標是超越一切輪迴的束縛，達到解脫和涅槃的境界。這就是我們修行的目標，也是眾生要突破的第一個障礙，只有這樣，我們才能從眾生界的輪迴痛苦中解脫，進入修行界中無窮無盡的永恆。小和尚在顧君尋求突破的過程中，一字一句地解釋真正的輪迴之苦，並提供未來的方向。

顧君一邊領悟佛法的修行，一邊吸收著天龍八部陣的靈氣。同時，他也逐漸領悟輪迴之苦，突破到菩薩道九階，看破輪迴之苦，達到了涅槃的境界。

無數充滿白光的靈氣進入顧君的經脈，他感覺自己彷彿從大江大海變成了波濤洶湧的海洋。寬闊的奇經八脈使顧君散發出無限的華光和金針線，佛堂外的長老們都感受到無限的震撼。他們趕忙走到顧君修行的小房子前，跪拜在門口。因為他們感受到這無上佛法，他們虔誠地趁此吸收天地靈氣，同時見證傳說中的佛光萬丈。

第一百六十一章 ❖ 菩薩道九階

在小和尚的指引下，顧君度過了多年的歲月，終於對世間的輪迴有了深刻的洞察，並領悟到了菩薩道九階的「悟」。

佛陀教導我們，一切事物都是無常的，一切都在不斷變化。這無常的本質使我們渴望尋求永恆和穩定。我們只能透過深入觀察和體驗，去瞭解眾生的生活。

顧君終於茅塞頓開，明白自己為何需要變得強大。原來這是個人精神上的追求，也是一個修行的過程。只有透過這樣的生活，他才能感受到生命的變化和流動，透過修行洞察事物的真實本質，避免對表面現象的執著和迷戀，不陷入追求物質財富和外在成就的困境。這些只是暫時的快樂，真正的滿足和平靜來自於內在智慧的開發，這就是「悟」，洞察真相。「悟」是持續的修行，並非終點。那麼「悟」的未來是什麼呢？

「悟」本質上是持續的修行和更深層次的領悟。「悟」像一個循環，每個高層次的人能領悟到更深奧的真理，只有佛陀能領悟到最高層次的真理。每一次深度的領悟都能幫助我們超越對世俗的執著和迷惑，體驗內心的平靜和自在，克服每一次的挑戰和考驗。

只有回到「悟」的本源，增強洞察力，才能更清楚地看到自己和世界的苦難和無常。因此需要持續的修行，用慈悲之心面對挑戰，尋找解脫和平靜的方法。只有在不斷提升的悟境中，才能實現佛陀所說的普渡眾生。」顧君向小和尚道出自己的領悟。

小和尚點頭說：「小君，你明白真相了嗎？沒有過去，沒有未來，就沒有永恆。所以你明白修行的過程了嗎？」

顧君點頭道：「我明白了，這就是『悟』。在『悟』的過程中，佛陀所說的一秒便是千百萬年，是永恆的過程，並沒有終點。」

小和尚續道：「小君，你已突破了菩薩道九階，剛剛也突破了築基八層，接下來你要將菩薩道九階完全融會貫通，才能達到菩薩道九階的大圓滿。時間不多了，你只剩下不到一年的時間，同時還需要大幅提升功力。雖然你已達到八層，還有一層要突破，所以你要更加努力。在修行中，你需要達到菩薩道九階大圓滿，並且築基法修也要到達九層大圓滿。」

顧君答道：「我明白，我會在天龍八部陣中更加努力修行。」

此時，顧君發現自己的變幻能力越來越深奧，他能自由地幻化成各種事物。他身上流露出巨大的氣息，周身閃耀光環，但也能隨意收斂氣息和光芒。

虛竹、長老和弟子們都合十向顧君致敬，恭喜師祖。

顧君微笑著對眾人說：「多虧有你們的支持，我才能有所領悟。佛陀慈悲，也希望大家努力修行。請大家坐下，我與大家分享我的領悟。」

顧君向眾人分享佛法的真義，在場的每個人都漸漸感受到提升的氣息，明顯感受到突破即將到來。

第一百六十二章 ❀ 凝聚力量

在顧君的努力下，更多志同道合的夥伴加入修行佛法。現在他不僅擁有一群可靠的夥伴，而且能夠將佛法介紹給他們，讓整個團隊變得越來越強大。他相信，隨著更多人進入佛法的境界，他們能夠獲得解脫，並實現普渡眾生的願望。

夥伴們都展現出非凡的潛力和高度的領悟力。例如程曉東、陳晞和吳展邦在短時間內就突破到了菩薩道三階、築基三層。現在他們感受到更進一步突破的可能性。

莊保善、蔡青第等人在觀音堂長老指導下，已經進入菩薩道一階和築基一層。他們的根基非常穩固，讓顧君對他們的修煉前景感到非常有信心。顧君也要求他們每週日下午到馬寶山的小寺廟，他親自向他們分享佛法的領悟，帶領他們進行法修。

顧君運轉著自己的奇經八脈令周圍靈氣集中，讓夥伴們能夠順利吸收靈氣。他們站在顧君的肩膀上進行修煉，因此他們的修行速度比顧君更快。這就像是「前人種樹，後人乘涼」，讓顧君對建立強大的團隊和普渡眾生的心願感到欣慰。儘管他的好朋友們在不同的學校努力學習，但他們都是資優學生。除了一起修行，他們還互相交流自己擅長的科目，並提供情感上的支援。

顧君知道自己在團隊中考試成績最好，但他也認識到自己在某些科目上的弱點。因此，他毫不羞恥地向兆依茗請教英文，從她那裡獲得了巨大的幫助。兆依茗經常邀請顧君到她家裡補習化學，她的父親並為他們煮飯，讓顧君感受到朋友之間互相幫助和鼓勵的友誼。莊保善能夠平衡學習、修煉和生活。作為年齡稍大的一員，她成為團隊的大姐姐，提供生活上的照顧和情感上的關懷。她和其他人一樣認真修煉，展現出成熟的態度。蔡青第、伍浩家等人相對安靜內斂，他們觀察力敏銳，令顧君對他們的突破充滿信心。程曉東、陳晞、吳展邦都是顧君的好朋友，他們在修煉或學習時常會講一些笑話，讓大家處於歡樂氣氛中。

這支團結一致的團隊齊心協力地學習和修行。他們希望有朝一日能夠領悟佛法，並致力於救助貧苦、普渡眾生。大家相互鼓勵，共同修行和學習，這是修行中的一個重要經驗。顧君一直強調，他們擁有特殊的能力，是為將來能夠挺身而出，而不是只為追求金錢或成為邪惡的修行者。

時間飛逝，他們很快就要迎接四年級的期末考試，大家開始準備這次考試……

第一百六十三章 ❖ 良性競爭

隨著時間的推移，大家都在努力準備即將到來的四年級期末考試。在夥伴的互相鼓勵下，顧君成功克服了學習上的弱點，增添考試的信心。他的心態也更加穩固堅定。對於一個修行者來說，平靜、平常和進取的心態才能帶來正面的結果。顧君不再太在意校內名次和分數，他相信面對的校外全港公開考試，才真正對他未來之路的走向起著重要的作用。

晚餐時，父親告訴顧君說：「你堂哥顧雄在這次全港島會考表現非常出色。他報考七科，其中有三科拿到了甲等，三科拿乙等，總分二十七分。他應該能成功進入港島大學，修讀他理想的電子工程專業。這個行業現在非常熱門，我知道與工程、電腦和電子相關。」

顧君回答說：「恭喜！伯父一家應該很高興吧！」他淡然地微笑著對父親說。

父親說：「是啊，他們一家都非常高興，公司的同事也都祝賀他們。我們也為他感到開心！終於我們有親人在信奉精英制度的港島成功入讀大學。」

顧君告訴父親：「爸爸，我還有一年！明年輪到我考試，你不用太擔心。對了，你知道我這次考試的成績嗎？剛剛公佈。」

父親說：「是啊，我正好想問你這次考試的成績怎麼樣呢？」

顧君問道：「你猜猜看？」

媽媽在旁說：「別戲弄爸爸，告訴他吧！我們都很緊張，也不好意思問。」

妹妹說：「爸爸媽媽，不要讓哥哥騙你們了，哥哥很厲害！你知道嗎？現在全校都知道哥哥是品學兼優的學生。有些共同的老師還在我們班上公開稱讚哥哥這次考試非常出色！」

顧君笑了笑，對父親說：「還不錯，進步了一點點，這次我在全班中排名第五，比上次進步了三個位置。」

爸爸媽媽驚訝地說：「這麼好？小君，那真不錯！」

父親拿起桌上電話，給老家的三伯伯打了過去，並立刻將這個消息告訴了老家的叔伯姑媽。大家對這個成績都感到非常興奮。

顧君平靜地對父親說：「爸爸，其實別太擔心，我還可以。我覺得還有進步的空間，你放心吧！我之前對你說的話不會食言，我會全力以赴的。他考七科，你知道我要考幾科嗎？」

父親搖搖頭說：「我從來不知道你修了哪些科目。」

顧君告訴父親：「我同時修讀文科和理科，所以我須考九科。」

「九科！？你真的能應付得來嗎？」媽媽擔心地問。

顧君說：「媽媽，我在四年級時已經開始修九科了，五年級時我還是修九科，所以我肯定要考九科。我的目標是六科甲等，拿到滿分三十分，你知道嗎？媽媽，這個成績……意味著我可以申請大學獎學金，將來就不用支付學費了，這是我最終的目標！我不一定要成為九科狀元，但至少要拿到獎學金！我一定要獲得獎學金！」

父親拍了拍顧君的肩膀說：「小君，我知道你擁有遠大的目標，我們都很高興。但是不要給自己太大的壓力，盡力而為就好！」

顧君認真地對父親說：「爸爸，我對自己很有信心！」

大家聽到顧君的話都哈哈大笑，度過了一個非常愉快的晚上。當然，顧君暗自發自內心地懷抱著偉大的願望：我一定要考滿分，減輕家庭的經濟負擔！我一定要進入港島最好的大學！

第一百六十四章 ❖ 喜結連理

顧君與夥伴們一起修行，努力踏上菩薩道大圓滿的旅程。然而，他發現自己的修為還停留在築基七層，目前處於停滯狀態，這讓他感到困擾。於是他決定回家休息。

當晚家庭用餐時，父母帶著笑容告訴顧君和小妹說：「大姐要結婚啦！」顧君心想：這一天我早有所料。

顧君笑著說：「那就恭喜大姐和未來姐夫！」

父親繼續說：「他們計劃來港島旅行，並在這裡舉行簡單婚禮，和我們一起共用一頓簡單的婚宴，但不會舉辦很隆重的婚禮。」

顧君心想：這些都不重要，只要他們覺得合適就好！他並沒有什麼意見。

父親接著告訴顧君：「我們近年來家庭經濟情況有所改善，我打算支持他們，給姐姐辦一些嫁妝，並幫他們支付首期款，讓他們有自己的新家並有個好開始。」

顧君立刻舉手說：「我也贊成！我這幾年存了一些零用錢，可以負擔他們家的裝潢和家電。」

父母驚訝地問道：「你從哪裡來這麼多錢？」

顧君笑了笑說：「這幾年你們給我的零用錢我都沒怎麼花，應該有好幾千塊錢吧！反正留著也沒什麼用，就當作給大姐的嫁妝吧！」大家都覺得顧君的想法很天真，但他內心真的希望能幫助姐姐和姐夫！

顧君想起第一次見到許峯時，就覺得他是個非常有內涵且情商的人，所以他希望能出一份力！在過去的兩年裡，他在事業上進展順利，從一個普通辦事員晉升為受人尊敬的國企銀行科長。這是一個巨大的進步，在華國這樣困難的環境中取得晉升，需要具備強大的工作能力和良好的人脈，並且要能吃苦耐勞。

兩個月後，顧君一家終於迎接了姐姐和許峯。他們在港島住了幾天，顧君的父母為他們辦了一個簡單的婚宴，大家高高興興地相處了幾天，彼此間感情融洽。

對於許峯而言，父親給的嫁妝令他非常感激和驚喜，他一直對父親保持真誠和敬重，感謝他願意接納自己，並幫助他成家立業。

顧君心想：這一切都是修行。每個父母都期望下一代過得比自己好，父母的偉大讓顧君和妹妹都深受感動，因此他們下定決心，努力學習，回報父母的付出。

第一百六十五章 ❖ 暑假之行

顧君經過一整年的努力學習和修行，取得巨大的進步。他的英文水準大幅提升，在英文科獲得了優異的成績，對整體成績也感到滿意。大姐在去年的聖誕節結婚，讓全家都感到喜悅。一切都在順利進行之中，一家人過著滋味的小生活。

看到許峯對大姐的關心和愛護，顧君感到如釋重負。家人在精神和物質上的支持也使一家人更加團結。對於父母來說，他們並沒有失去一個女兒，反而多了一個兒子，顧君也多了一個好大哥。許峯經常給顧君鼓勵和指導，讓他感到非常鼓舞。

接下來是期待已久的暑假，顧君準備迎接中學五年級，更為即將到來的全港會考做好準備。

在炎熱的暑假期間，顧君一直在離島觀音堂努力修行，並刻苦溫習，為即將到來的全港島會考做好準備，希望能夠獲得獎學金進入心儀的大學。顧君告訴父母，他決定利用暑假專心學習，而不是找暑假工作，他的父母都同意並支持他的決定。

顧君每天努力修行，不止歇地領悟佛教的真義。小和尚陪伴他領悟每個修行階段，從眾生皆苦到智慧，並努力幫助眾生。顧君明白每個階段都需要紮實的努力，才能得到領悟和修煉法術的完美成果。他清楚修行和學習都會遇到各種挑戰。他明白只有不斷領悟和修行，理解佛經的含義，才能達到大圓滿的境界。

在法修方面，顧君每天上午去離島觀音堂修行，藉助天龍八部陣擴大奇經八脈，將靈氣轉換為真氣內力，使丹田越來越寬闊。他知道要突破目前的境界需要足夠的真氣量、靈氣和機緣。

修行無止境，時間飛逝亦然，炎熱的暑假在眨眼中很快過去，顧君準備迎接新的學年，全港會考的一年！

第一百六十六章 ❖ 同門較量

顧君來到離開離島觀音堂之前的那一天，他和虛竹以及其他長老打過招呼後，虛竹向顧君提出了一件事情，需要商量。

虛竹說：「師祖，我們觀音堂的修行者每年都會舉辦一場同門比試，讓大家可以互相交流佛法修行的成果，這對門派內的弟子來說很重要。」

顧君興奮地問道：「我們自在門的弟子可以參加嗎？」

虛竹恭敬地回答：「當然可以，師祖。我希望這次比試能夠提高年輕弟子的修行水準，同時促進門派之間的良性競爭。」

顧君答應了這個提議，並決定告訴自在門的弟子們。

他致電給程曉東，程曉東已成為顧君最重要的傳令使者，負責傳達顧君的消息給各位修行者。程曉東在聽到消息時非常興奮，顧君告訴他們要努力修行，並在比試中好好展現自己，這是一個互相促進修行的好機會。

三天後，在觀音堂的修行大廳，所有的修行者和長老們等待比試的開始。虛竹解釋這次比試的目的是促進佛法交流。每五人一組，由一位資深長老講解佛法真義，與弟子們交流佛經，整個大廳充滿慈悲之心。

在三個小時的佛法討論中，顧君感受到身邊的莊保善、程曉東和陳晞開始迎接突破。中午十二時，顧君分享他對佛法的理解和菩薩境界的領悟。他簡潔的解釋讓弟子們彷彿經歷了千百萬年，長老們也有更深刻的領悟。

雖然弟子們在菩薩道的五、六、七階，對顧君更深奧的八、九階解釋需要時間消化，但顧君為他們的修行提供了明確的方向，打下了堅實的基礎，帶來無限的可能性。

在分享完一到九階的理解後，顧君突然發現虛竹頭上閃耀華光，他突破了菩薩道八階！所有人同時讚嘆：「我佛慈悲！」虛竹持續沉浸在自己的領悟中。

所有弟子默默聆聽顧君的講解，突然鐘聲響起，大家從深刻的領悟中醒來，相互微笑，滿懷慈祥，前往飯堂享用午餐。在這一天的交流中，大家都收穫良多。

第一百六十七章 ❀ 啟悟之路

這個晚上，小和尚對顧君說：「你需要一個機緣來突破築基八層，今天我就幫你尋找這個機會！」小和尚揮了揮手，顧君發現自己進入了一個迷幻的平行空間。他看到一個和自己長得一模一樣的人站在面前。

小和尚告訴顧君：「你的任務是打敗面前這個人，你可以用任何方法，包括你的法修，盡力擊敗對手。」

顧君有些困惑，他問道：「我只需要打敗對方嗎？」

小和尚回答說：「是的，請用你的全部功力。」

於是，顧君施展出他的法術和「千變萬化」的技巧，向面前的對手發起攻擊。然而，他發現對方似乎比自己更強，每次他打算施展招數時，對方似乎早已預料到他的下一步行動，使顧君處於劣勢中，每一次進攻都被迅速制止……

顧君一次又一次的進攻都以失敗告終，他開始思考箇中原因。隨著時間的流逝，顧君終於領悟到了！原來那個對手就是他自己，他們彼此瞭解對方的戰鬥方式、法術和能力。顧君意識到只有在出其不意的情況下，以及隨機改變戰術，他才能夠使對手不知道他下一步的行動。正如諺語所說：「攻其無備，出其不意。」顧君必須透過巧妙的策略來迷惑對手，才能夠取勝。

經過無數次的努力，顧君終於打敗了自己，他明白了「我就是你，你就是我」的道理，一切都歸於一個本源，只有本源的力量才能克服看似困難的障礙。顧君通過天龍八部陣吸收了大量的靈氣能量，擴闊了自己的奇經八脈，瘋狂運轉身體真氣內力。

這時候，小和尚對他說：「顧君，你繼續運轉你的小周天，我已經給了你突破的機會，接下來就看你自己了。」

顧君再次忍受著經脈撕裂帶來的痛楚，不斷修復和重建經脈，真氣內力瘋狂運轉，將靈氣融入身體。

外面的長老們也注意到了這個巨大的變化，他們放出自己的真氣內力，幫助顧君突破築基的第九階。突然，大家聽到「轟轟轟」的聲音，顧君成功打通了築基九階的任督二脈。

顧君臉色蒼白，滿頭大汗，氣喘吁吁。他的手中的靈石也變成了普通的石頭，幸好他沒有完全吸收天龍八部陣的力量，否則損失將不可估量！顧君繼續盤坐下來，不斷運轉真氣內力，鞏固自己目前的修為。

當顧君再次清醒過來時，他已經經歷了六個小時的突破過程。他站起身，打開門口，對著長老們恭敬地說：「謝謝各位長老的幫助！」

眾長老紛紛站起身，向顧君鞠躬說：「恭喜師祖，我佛慈悲，您終於突破到築基九層，真是功德無量啊！」

第一百六十八章 ❖ 開學

對於顧君來說，這個暑假真是美好的回憶啊！不僅在修行上有巨大進步，漸漸接近菩薩道九階的巔峰，法修方面也有了突破。雖然這只是初步的突破，但至少已經進入了最後衝刺的階段。

開學的第一天，同學們相互打招呼，顧君感覺到一起修煉的夥伴們也各自有所突破，他心裡也做好隨時幫助他們再次提升的準備。

上課鐘聲響起，班主任走進教室，對大家說：「同學們，這是中學最後一年，第五年的學習時間比較短，你們的學期從九月到三月，五月參加全港島的會考，所以大家要努力！我們要在明年三月前教完所有教科書，複習準備考試。現在每分每秒都要好好學習，並開始為考試做準備。接下來我講解一下考試形式。」

考評局會根據科目設置不同試卷，比如數學科分卷一和卷二，卷一是選擇題，卷二是問答題。選擇題要在九十分鐘內完成五十四題，問答題則有長有短，同樣也是九十分鐘內完成。其他科目如化學和物理也是類似的模式。文科的考試則有其他形式，所以大家要努力學習課文，最好還要反復練習過去的試題。

另外要說的是，會考時，成績會分等級，從甲等、乙等、丙等到丁等，丁等以下則是不及格。所以大家要努力爭取好成績，因為這些成績將決定你能否升讀大學。每科的成績以平均分來評定等級。

一般來說，假如一百個學生參加數學考試，大概只有百分之一的學生拿到甲等，約百分之五拿到乙等，以此類推。所以要拿甲等的話，你必須在全港該科考生中排在前百分之一的位置，這確實有一定的難度。另外，拿到滿分才能保證拿到甲等，這是最好的方式。顧君和其他同學聽到這裡，都感到驚訝，拿滿分真的太難了！

顧君想到：這確實有點難度！除了要熟悉所有題目，還要確保計算過程中沒有任何錯誤，不能犯任何細微的錯誤。簡單來說，一題都不能答錯。

班主任繼續說：「距離會考還有大約九個月的時間，希望大家要多努力！現在繼續上課。」

這次班主任的介紹給了顧君極大的震撼，他原本想像中的會考沒有那麼困難，原來要拿到甲等必須要滿分，他需要好好思考如何達到滿分。當然，這是針對數理科目；對於其他文科來說，接近百分之一的平均分就是重點了。

顧君決定要好好研究考試策略。在休息時間，他與莊保善和兆依茗討論考試。兆依茗說：「其實每年考試的題目都差不多，只要我們熟悉程度足夠，就能減少錯誤，提高準確度，但這需要大量訓練。」

顧君聽後立即表示：「你說得對！這與我們修行有相似的邏輯，我們要慢慢領悟每一個法學，調整自己達到最佳狀態，一切自然就會順利。大家一起加油，我們分頭尋找不同的模擬試題，一起努力溫習吧！」

第一百六十九章 最後一年

在新學期的第一天，吳老師向全班學生介紹了有關整個年級的學習計劃。於是顧君和夥伴們討論了即將到來的考試，並找來程曉東、陳晞和吳展邦等人一起討論。

程曉東比顧君大一年級，去年已經經歷考試，成績非常好，也有二十四分。他給顧君他們分享了各種應試技巧，還提供許多過去的模擬試卷和參考書，對顧君等人的考試準備非常有幫助。

這一切似乎都是命中註定的，也是最好的安排。程曉東不僅與顧君們一起修行，也經歷過這些考試，給了顧君等人寶貴的經驗。此外，其他夥伴在不同學校和補習班也獲得了許多過往試卷。顧君手上應該已經擁有全部九個科目的過往試卷，而且是過去十年的試卷都有。這些內容對顧君來說非常重要，除了要熟悉課本知識、打好基礎，還要分析過去的考題，不斷訓練解題技巧。

對顧君來說，除熟悉試題，他還要注意考試解題的準確性和時間掌握。

中五沒有期中考，直到三月才有校內模擬考試，所以顧君必須兼顧學習和修煉。他不僅要複習四年級的內容，還要掌握五年級的新內容。顧君需要熟悉九個科目，每科有四本教科書和兩本參考書，總共有五十四本書，是需要花很多時間溫習！

顧君知道單單一次溫習是不夠的。無論他有多聰明，記憶力多好，悟性多高，都不能放鬆，必須全力以赴，確保沒有遺漏。

顧君制定了重要的學習目標：開學後三個月要溫習一遍所有書本和參考書，掌握百分之七十以上的內容。到二月底前，完成第二次溫習，重點突破，並根據第一次溫習的筆記進一步加強。到三月底，顧君要完全掌握教科書和參考書的所有題目和內容。

當顧君在溫習五十四本書時，他發現自己的識海中好像出現了一個圖書館。他把所有書本都收納在這書架上，一本一本的放好。顧君可以抽出書本，翻到相應的頁數，答案自動浮現在識海中，使顧君能夠輕鬆回答每個問題。後來顧君才知道這叫做影像記憶法，把書本內容放在腦袋裡是一種非常重要的學習方法！

進入三月份，顧君決定將全部精力放在解題上。每個科目都有過去十年的試卷，每科有兩份試卷，總共有十八份考試卷，共一百八十份試題。顧君明白，這些試卷是最好的練習材料，通過不斷解題，他可以更好地瞭解考試的形式和題型，提高解題的技巧和速度。他分析每一份試卷，細緻研究每一道題目，並尋找其中的規律和共同點。這樣，他可以更加熟悉考試的內容和要求，提前預判可能出現的問題。這段時間，他全身心地投入到解題中，努力提升自己的應試能力。

原來小時候老師說的誠不欺我，練習是最直接的得分方式。

第一百七十章 ❖ 人生第一考

終於到了考試時間表發放的日子，顧君收到了自己的考試時間表。

港島會考非常嚴格，所有學生在同一時間考同一科目，以避免考題外洩的風險。

考生們並不在自己學校內考試，而是被分配到同區不同學校去考試，這意味著他們需要適應不同的考場環境，無形中增加了心理壓力。

顧君的父親再次展現了偉大父親的形象，收到時間表後，他請了一整天假期陪同顧君去每個考場考察，讓顧君感受每天考試的地點並制定交通應變計劃。父親的細心安排使顧君能夠有更好的準備，安心地溫習。

父母的偉大再次體現了為人父母的慈愛和關懷。在五月的第二週，顧君終於迎來第一科中文考試。對顧君來說，這是最好的安排，儘管他是理科生，但他的中文科在校內模擬考是全級第一，水平比文科生還要好！顧君充滿信心地應對中文考試，相信這一切都是最好的安排。

而且顧君考試的場所是附近一所佛教中學，吳展邦就讀的中學，這讓顧君感到非常鼓舞，他能感受到佛陀的慈悲和保護，這讓他心靈平靜，發揮出超越水準的表現。這一切都是佛陀的安排，給予顧君一個最好的發揮環境。

連續九天的考試對每個學生來說都是體力和精神的考驗，每天考試需要四五個小時的時間，對於已經習慣性修煉的顧君，他不會感到過於疲累，相反提高了他的體能。他仍然在週末進行冥想和修煉，保持身心靈的健康和平靜。

華國文學考試是最後一科，考試前夕，顧君翻來覆去難以入眠，他知道明天考完就正式完成了人生的第一大考試，這次考試將影響自己以至於整個家族的命運，讓他感到既高興又擔心。

這時，媽媽走進來，坐在床邊，摸了摸顧君的頭，問道：「怎麼了，睡不著嗎？」

顧君說：「嗯……」

媽媽說：「是不是緊張呢？」

顧君說：「不知道是緊張還是興奮，因為明天是最後一科了。」

媽媽拍了拍顧君的胸口說：「乖孩子，閉上眼睛，慢慢入睡，媽媽會一直陪在你身邊。」顧君在媽媽的懷抱中進入夢鄉。慢慢地放鬆……

顧君第二天早上六點多醒來，調整好自己的心情，去參加最後一科的文學考試，他並無感到太大的壓力。五月的第三週，會考正式結束，顧君回到學校，與老師和同學們交流自己的考試情況。

顧君還與程曉東和其他同學一起在餐廳享受下午茶，大家互相討論著。大家都關心地問顧君：「顧君，你覺得這次考試怎麼樣？」

顧君笑了笑說：「應該還好，一切隨緣吧！有時候自己以為是對的東西可能因一個小失誤而扣分，所以順其自然吧！大家好好休息幾天，接下來就等成績的公佈。」

程曉東也說：「現在距離七月底還有兩個多月，大家有什麼打算呢？」

莊保善說：「我打算找暑假工，不浪費時間。」

陳晞說：「我打算參加一些電腦相關的課程，學習未來的科技知識。」

程曉東已經在念大學先修班，其他幾個同學也各自有自己的安排。

顧君說：「我打算專心修行！希望在暑假突破菩薩道大圓滿和築基大圓滿！」

小和尚昨晚告訴他：「小君，你必須在八月底之前達到大圓滿境界。因為到了九月一號，你就滿十六歲了，那是一個非常重要的日子，也有許多安排在等著你。」

接下來的每個週日下午，大家一起修行，靜心等待考試成績公佈的那一天。有團隊的陪伴，路途即使再艱辛，也會變成一條平坦的道路。

第一百七十一章 ❈ 放榜

在等待成績公佈的日子裡，顧君獨自留在離島的觀音堂閉關修行，努力履行小和尚對他的叮囑，每天都埋首於修煉之中。顧君只剩下幾個月的時間，他每天都在觀音堂努力領悟佛法真諦，與長老們一起討論佛義。同時，在大廳觀察眾生在觀音堂裡的香火拜佛和祈禱，這讓他心生慈悲之心。他思考如何能幫助那些正在受苦的眾生，幫助他們開悟和相信佛法，讓他們從苦海中解脫。每一個突破都讓顧君更能體會到眾生的生活和痛苦，逐漸引導他走向菩薩道的圓滿境地。

這個輪迴的循環中，九個階段從「眾生皆苦」開始，最終目標是讓眾生開悟，達到普渡眾生的目的。顧君終於明白了「普渡眾生」並不是要用任何手段讓眾生立地成佛，而是要幫助他們開悟，學習佛陀的教誨，從中獲得涅槃解脫，跳脫輪迴的苦難。顧君每天都在天龍八部陣中專心修行。對現在的他而言，沒有比修行更重要的事情了。

兩個月時間飛逝如流星。

每個週日下午，顧君會回到港島馬寶山的小寺廟與其他夥伴一起修行，向他們講解佛經的道理，過去兩個月他們都有明顯的進步。顧君目睹這一切，感到非常欣慰，這正展現了從「眾生皆苦」到引領他們開悟的過程，使眾生自己踏上修行之路，完全符合佛陀的真意。「普渡眾生」是讓眾生都能踏上修行之路，瞭解苦海無涯，只有通過修行才能解脫。

終於到了放榜的那一天，顧君一大早回到學校，同學們興奮地聚集在教室裡互相問候。吳老師抱著成績表進入教室，同學們立刻安靜下來，緊張地等待著。

吳老師調侃了一下大家，揚了揚手上成績表，問大家暑假過得好嗎？同學們一起回答很好，但心裡都焦急地等待著成績的揭曉。吳老師開始說這一屆的考試，同學們表現很不錯，很多同學考得出乎預料的好，特別是精英班有幾個同學考滿分。

同學們聽到這個消息都很驚訝，紛紛猜測是哪幾個同學考滿分。顧君則保持平靜，準備面對即將發放的成績表。

吳老師開始一一念出名字，每個同學都迫不及待地去接收成績表，但沒有立即看，而是回到座位上慢慢打開。終於，吳老師提到了顧君的名字，顧君飛奔到前面接過成績表。吳老師稱讚他的成績不錯，並告訴說校長想見他。

顧君回到座位上，慢慢打開成績表，發現自己拿到了六個甲等，達到了他心中的目標，尤其是英文科也拿到了甲等。他感到很不容易，只用了三年的時間就達到這個水平。

成績分發完後，顧君得知兆依茗拿到了四個甲等，其他朋友也取得優秀的成績。蔡青第也拿到六個甲等，莊保善稍微差了一點，但也有二個甲等。

吳老師走過來告訴顧君和蔡青第他們要去見校長，校長想和滿分的同學合影，並刊登在校刊上，鼓勵其他同學。校長還承諾幫他們申請獎學金。

顧君知道家人非常緊張，於是飛奔回家打電話給父親，告訴他自己成功了。父親追問數次，確認是真的後，表示要回來看成績表。

父親的聲音中帶著激動和哽咽，顧君深深感受到父愛的深厚，他告訴父親待會要和同學出去放鬆，父親讓他小心，並說今晚家人要為他慶祝。父親也趕緊通知公司和親戚朋友，消息很快傳開，大家都知道顧君成為了港島的滿分學生。

父母親感到無比光榮，他們一家為顧君的未來一直付出巨大。對顧君來說，他明白自己的行為會影響身邊的人和整個因果關係，所以他一直努力做好自己，終於得到回報。

第一百七十二章 ❖ 大圓滿

經過多年的努力，顧君從一個鄉村小孩，來到了一個競爭激烈的社會。在港島會考中，顧君終於取得令人欣慰的成績，這代表著他多年的辛勤付出終於有回報。這個成就不僅改變了他的人生，也實現了父母對他的期望，同時也讓家鄉的親戚們為他的成功感到驕傲。

努力是成功唯一的基石，不懈是完成使命的要素。收到成績單後，顧君迅速返回位於離島的觀音堂，繼續修煉和領悟。

有一天，家裡收到了三封不同大學的來信，顧君立刻趕回家打開，原來港島幾家大學邀請他參加講座，讓他初步瞭解大學的學習生活。信中明確表示，只要他在兩年的大學先修班中表現良好，就可以選修自己喜歡的科目。換句話說，顧君已經非常有把握被該大學錄取了。對他來說，未來兩年的學習生活相對較簡單，港島大學提供的條件相當不錯，這可以算是一個保送計劃！他立即告訴父母這個好消息，母親為他準備了豐盛的晚餐，慶祝他以優異的成績獲得了保送名額，真是令人難以置信！

第二天，顧君回到觀音堂繼續修煉。小和尚問：「你現在覺得還缺少什麼呢？」

顧君說：「從一開始的眾生受苦，逐漸理解菩薩道，我慢慢領悟到與佛有緣，希望自己能夠修行，讓我的影響力擴大，幫助身邊的人。我也認識了觀世音菩薩，體會到菩薩的慈悲心，為世間眾生付出並開展智慧，與眾生建立聯繫。最後領悟到『悟』是一個循環，就像一個圓圈，類似輪迴，又不是輪迴……」

小和尚說：「這是一個圓，與輪迴不同，輪迴沒有結束，如沒有佛緣，將一直輪迴。如果你從眾生的角度領悟到『悟』可以影響身邊的人，達到普渡眾生的目標，這就是菩薩道九階的大圓滿了。」

小和尚的話深深地打動了顧君，他突然明白了菩薩道九階大圓滿的含義，終於突破到了大圓滿的境界。他明白了自己的使命，理解了佛的真諦，也領悟了輪迴的苦難。輪迴之苦不僅僅是自己的苦，更重要的是如何讓眾生擺脫輪迴的苦難，這才是菩薩道九階大圓滿的真諦。

小和尚微笑點頭，對顧君說：「小君，你終於明白了，阿彌陀佛！」

這一刻，顧君體內湧現出萬丈佛光，他立刻吸收了天龍八部陣中的靈氣，氣息越來越強，逐漸接近目標。顧君告訴自己說：「距離九月一號只剩十二個小時了，好像還缺少一個機緣才能做到最後的突破……」

小和尚接著說：「是啊，你知道缺少的機緣是什麼嗎？你再仔細想一想，為什麼你能夠到達菩薩道九階大圓滿，而法修卻還需要一個機緣呢？」

顧君閉上眼睛，從一階、二階、三階……一層、二層、三層……重新回顧自己人生的旅程，他來到港島，遇見一系列的人，想起一起修行的夥伴，他突然對小和尚說：「一切都是佛的安排，越是追求法修的階層，越難達到真正的圓滿。我已經領悟到菩薩道的圓滿，不再追求功力有多高，也不再強求經脈的強大，因為這一切都是佛賜予我的禮物。」

小和尚接著說：「小君，你終於明白了，一切都源於佛！」

此時，顧君的經脈中湧動著靈氣，宛如一縷一縷清澈的水銀在經脈中流動，他整個身體瞬間金光閃閃，散發著無限的光芒。顧君終於達到了菩薩九階大圓滿的境地，同時築基也達到了九層大圓滿。

小和尚對他說：「我佛自有安排！」

顧君問小和尚：「現在我佛修和法修都達到了九階大圓滿，接著有什麼安排？」

小和尚回答說：「是時候告訴你，我是你前一千年的轉世，你原本是佛的弟子，為拯救眾生而來到這個世界，你擁有兩個身份。」

隨後，小和尚拿起手中的木魚，將其掛在自己的脖子上。

顧君驚訝地看著出現在旁邊的小和尚，問道：「你怎麼突然出現了？」

小和尚解釋道：「我本是你，你本是我，我只是一千年前修煉的元神，只有你達到菩薩道九階大圓滿和築基九層大圓滿，我才能借助這個木魚法器實體化身體，站在你旁邊。接下來我們將分開。」

小和尚繼續說道：「你將留在這個世界繼續你的旅程，你的學業、工作以及未來，繼續弘揚佛法，普渡眾生，引導更多人修行。這是你這一生的使命。而我將成為另一個你，在修行界繼續更高層次的修行。當你完成這一生的修行時，你會來到修行界找我，屆時我們就能夠團聚合體。」

顧君看著小和尚說：「原來一切都是佛的安排。」

他問道：「那你要如何離開呢？」

小和尚答道：「我佛會來接我。小君，你還有很長的路要走，需要實現佛的願景。只有跳出輪迴的人才能得到涅槃，才有機會進入修行界。你的責任並不輕鬆，小君，你是給予這個世界希望的人。記住，你信我佛就是我佛子弟，那就是——君臨天下啊！」

突然間，天空中響起數聲鐘聲，似乎只有小和尚和顧君能夠聽見。天龍八部陣發出強大的光芒，照亮整個天龍八部陣。

小和尚對顧君說：「阿彌陀佛，我佛慈悲。小君，我在修行界等著你！」

顧君的雙手中出現了一本實體化的《蓮華妙法真經》。

（全書完）

君臨龘下

雙木王 著

| 書名 | 《君臨龘下》（套裝版）
| 作者 | 雙木王
| 編輯 | 青森文化編輯組
| 設計 | 小露寶、Spacey Ho
| 出版 | 紅出版（青森文化）
地址：香港灣仔道 133 號卓凌中心 11 樓
出版計劃查詢電話：(852) 2540 7517
電郵：editor@red-publish.com
網址：http://www.red-publish.com
| 香港總經銷 | 聯合新零售（香港）有限公司
| 台灣總經銷 | 貿騰發賣股份有限公司
地址：新北市中和區立德街 136 號 6 樓
(886) 2-8227-5988
http://www.namode.com
| 出版日期 | 2024 年 4 月
| 圖書分類 | 流行讀物／小說
| ISBN | 978-988-8868-45-2
| 定價 | 港幣 138 元正／新台幣 550 圓正